KB269556

연애 운세, 너에게 적중

연애 운세, 너에게 적중

초판 인쇄 2026년 1월 10일　**초판 발행** 2026년 1월 15일

글쓴이 김경은 김지완 은소홀 조우리 황보나　**엮은이** 송수연　**책임편집** 김지수　**편집** 원선화 이복희　**디자인** 신수경

마케팅 정민호 서지화 한민아 이민경 왕지경 정유진 한경화 정경주 김혜원 김예진 이서진

브랜딩 함유지 김은솔 박민재 이송이 박다솔 조다현 김하연 이준희

저작권 박지영 형소진 주은수 오서영 조경은　**제작** 강신은 김동욱 이순호　**제작처** 영신사

펴낸곳 (주)문학동네　**펴낸이** 김소영　**출판등록** 1993년 10월 22일 제2003-000045호

주소 10881 경기도 파주시 회동길 210　**전자우편** kids@munhak.com

홈페이지 www.munhak.com　**카페** cafe.naver.com/mhdn

북클럽 bookclubmunhak.com　**트위터** @kidsmunhak　**인스타그램** @kidsmunhak

대표전화 (031)955-8888　**팩스** (031)955-8855

ISBN 979-11-416-1497-3 03810

잘못된 책은 구입하신 서점에서 교환해 드립니다. 기타 교환 문의: (031)955-2661, 3580

연애 운세,

김경은
김지완
은소홀
조우리
황보나

너에게 적중

문학동네

차
례

은소홀 **너와 나의 티켓팅**
007

김지완 **마녀의 맛, 러브 호르몬**
045

황보나 **고양이의 방울**
087

조우리 **고백의 공식**
119

김경은 **키스 루프에 갇혀 버렸다**
159

엮은이의 말
사랑이 당신을 내일로 데려다줄 거예요
189

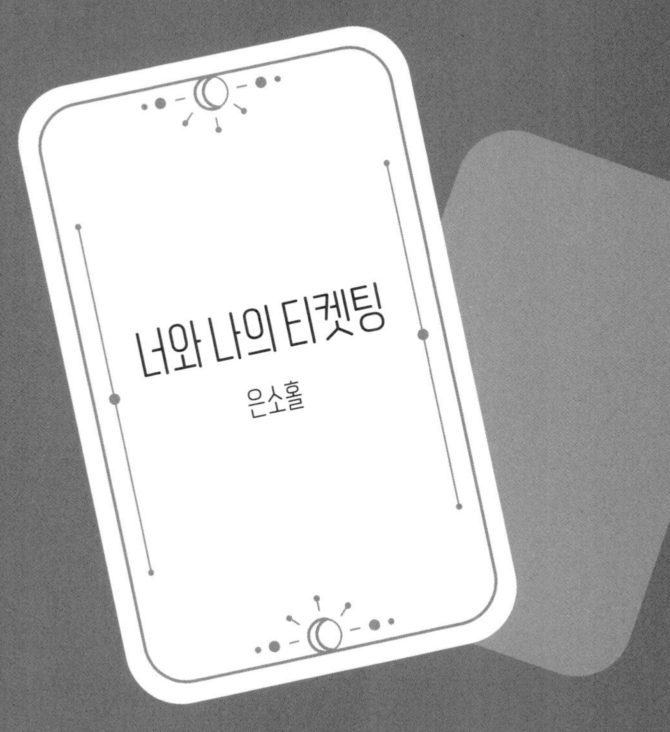
너와 나의 티켓팅
은소홀

을 시작했다. 청소년 앤솔러지 『희망
의 질감』에 참여했다.

은소홀

『5번 레인』으로 제21회 문학동네어
린이문학상 대상을 받으며 작품 활동
을 시작했다. 청소년 앤솔러지 『희망
의 질감』에 참여했다.

없다. 애초에 플로어석은 바라지도 않았건만, S석도 A석도, 하다못해 B석 하나도 보이지 않는다. 수백 번의 클릭 끝에 간신히 빈 좌석을 표시한 보라색 네모 상자 몇 개를 찾았지만, 어찌 된 일인지 화면은 백지 상태로 멈춰서 넘어가지 못했다. 기다려도 보고, 새로 고침도 눌러 보았지만 이미 상자는 사라진 지 오래였다. 그렇게 한 시간쯤 반복하다 보니 팬클럽 선예매 시간은 허무하게 끝나 버렸다. 믿을 수 없었다.

"그러게, PC방을 가야 한다니까."

나의 망한 티켓팅 이야기를 듣고, 미나 선생님은 혀를 끌끌 차며 말했다. 물론 나도 0.001초 차이로 티켓팅의 성공과 실패가 나뉜다는 것을 모르는 바는 아니다. 하지만 PC방이라니. 누가 만졌는지 알 수 없는 키보드에 손가락을 올리는 상상만 해도, 나는 벌써 속이 울렁거리는 것 같았다.

"세이, 요즘 약은 잘 챙겨 먹니? 예전처럼 갑자기 두근거리거나 하진 않고?"

"네, 괜찮아요."

"좋아. 약용량 줄인 지도 꽤 됐고, 이제 새로운 도전도 좀 해 보고 그래도 되겠다, 그치?"

어떤 때 보면 미나 선생님은 나를 가장 효과적으로 괴롭히는 방법이 무엇인지 연구하는 사람 같다. 물론 이 모든 것이 치료의 한 과정이라는 것을 알지만, 이 순간 나를 보며 빙그레 웃고 있는 선생님을 보고 있노라면 그런 의심이 드는 것은 어쩔 수 없다.

"다음 티켓팅은 PC방에 가서 해 봐."

무리다. 마음을 다잡고 지하철을 타는 데만 꼬박 1년이 걸렸는데, 당장 다음 주에 PC방에 가라니 무리도 한참 무리다. 나는 곧바로 정색하고 대답했다.

"싫어요. 못 해요."

"그래? 그럼 어쩔 수 없고."

내가 단호하게 대답한 덕분인지, 미나 선생님은 평소와 다르게 더는 나를 설득하려고 하지 않았다.

'이제 나도 내년이면 고등학생인데, 이 정도는 스스로 선택할 수 있지.'

선생님도 그런 내 마음을 알았는지, 어느 때보다도 밝은 미소로 인사해 주었다.

"다음에 보자. 약 잘 챙겨 먹고."

진료실을 나오자, 간호사 선생님이 처방전과 함께 작은 봉투 하나를 건네주었다.

"이게 뭐예요?"

"글쎄요, 선생님께서 이것도 같이 주라고 하시던데요? 숙제에 필요하다고."

"숙제요? 이번엔 숙제 없는데……."

봉투를 열자, '티켓팅 필승 비법'이라는 블로그 글을 캡처한 종이가 있었다. 그 첫 줄은 이렇게 시작했다.

티켓팅 성공의 핵심은 빠른 인터넷 속도입니다. 일반 가정집보다는 PC방을 추천합니다.

그리고 그 끝엔, 아마도 선생님이 남겼을 짧은 메모가 있었다.

비아 콘서트 가고 싶어 했잖아. 잘 생각해 봐. 부모님께 콘서트 허락받는 게 누구 손에 달렸는지 기억하고. 파이팅. ^^

'그럼 그렇지.'

종이 위로 선생님의 미소가 겹쳐지는 것 같았다. 나는 한숨을 쉬며 봉투를 가방에 찔러 넣었다.

처음이었다. 콘서트에 가고 싶다고 생각한 것은. 아니, 정확히 말하자면 사람이 많고 더러울 게 뻔한 장소에, 그래도 가고 싶다는 마음이 든 것은 비아 콘서트가 처음이었다.

평소의 내가 있고 싶어 하는 장소는 세상에 딱 하나, 우리 집뿐이다. 그중에서도 내 방, 그다음은 화장실이 좋다. 그렇다고 내가 하루 24시간 365일 내내, 집에만 틀어박혀 있는 사람이라고 오해하지는 말길 바란다. 나도 대한민국의 여느 중학교 3학년처럼, 아침에 일어나서 학교 가고, 학교 끝나면 학원에 다닌다. 그저 조금 다른 점이 있다면, 외출을 하고 돌아오면 조금 오래 씻을 뿐이라는 거다. 굳이 또 다른 점을 찾자면, 손을 조금 자주 씻는다는 것. 그리고 학교와 학원 이외의 장소는 가지 않는다는 것? 뭐 그 정도다.

정말 이게 다냐고?

그래, 솔직히 말하자면 나는 매일 두 시간씩 샤워를 하고, 하루에 스무 번도 넘게 손을 씻는다. 학교에 다니긴 하지만, 한 번도 체험학습이나 수학여행을 가 본 적은 없다. 위생 상태를 확인할 수 없는 장소에 가는 것은 내게 엄청난 스트레스이기 때문이다. 그래도 학교 화장실을 쓰고 싶지 않아서, 하루걸러 한 번씩 조퇴하던 초등학교 때에 비하면 꽤나 많이 나아진 편이다. 같이 사진 찍을 친구 하나 없던 6학년 졸업식에서 나는 굳게 결심했다. 이런 생활은 여기서 끝내겠다고 말이다. 그 뒤로 병원에서 결벽 강박을 진단받아 3년째 치료를 받고 있다. 이 사실을 아는 것은 우리 가족과 미나 선생님뿐이다. 즉, 나는 밖에서 꽤나 '정상인'처럼 지낸다. 하지만 그건 어디까지나 매일 다니는 학교나 학원 같은 곳의 경우이다. 그러니까 콘서트장이라든지, PC방 같은 곳은 전혀 다른 차원의 이야기이다.

"들어갈 거야?"

한참을 가만히 서 있던 내게 누군가 물었다. 나는 PC방 문 앞에서 한 발 물러섰다. 그리고 그 사람이 문을 연 틈을 타, 얼른 안으로 따라 들어갔다. 문에 손 한 번 대지 않고 통과하다니. 시작부터 잘 풀리는 게 예감이 좋았다. 나는 사람이 적은 구석의 빈자리를 찾았다. 그리고 미리 챙겨 온 소독 물티슈로 의자와 책상, 키보드와 마우스, 모니터까지 꼼꼼하게 닦기 시작했다. 마지막으로 손소독제로 두 손을 깨끗이 씻고 나서야, 나는 의자에 앉을 마음이 아주 조금 생겼다.

PC방 이용 방법은 미리 유튜브로 봐 두어서 어렵지 않았다. 친구들에게 물어보면 아주 친절하게 알려 줄 뿐만 아니라 같이 와 주겠다 발 벗고 나설 게 뻔했지만 나는 그러지 않았다. 왜냐하면, 도저히 여기선 침착할 자신이 없었기 때문이다. 이런 꼴사나운 모습을 친구들에게 들켜서는 안 된다. 나는 깊게 심호흡을 하고, 손가락의 최소한의 면적만 키보드에 올려 예매 사이트에 접속했다. 마우스도 손바닥이 닿지 않도록 손가락을 세워 조심히 잡았다. 오타 때문에 괜히 키보드를 여러 번 누를 일 없게, 한 타 한 타 신중하게 눌렀다.

"너 그렇게 하면 티켓팅 망할걸?"

뒤를 돌아보니, 어떤 남자애 하나가 내 모니터를 들여다보며 서 있었다. 나는 벌떡 일어나 모니터를 가렸다.

"뭐, 뭐야?"

"7반 백세이. 맞지? 아까 문 앞에서 마주쳤을 때는 긴가민가 했는데, 물티슈 꺼내는 거 보니까 맞는 것 같더라고."

"나 알아? 누구야, 너?"

"나 10반 임찬. 우리 같은 수학 B반인데."

임찬? 어디선가 들어 본 이름이었다. 나는 나보다 한 뼘도 더 높이 있는 남자애의 얼굴을 유심히 보았다. 그런 나에게 임찬은 히죽 웃으며 윙크를 날렸다. 나도 모르게 얼굴을 찌푸리고 말았다. 그리고 생각났다.

"아. 너, 혹시 윙크 살인마?"

우리 학년에 그런 별명을 가진 남자애가 있다는 걸 얼핏 들어서 알고 있었다. 남자든 여자든 가리지 않고 뜬금없이 윙크를 보낸다는 느끼한 남자애. 아무래도 그 남자애가 내 앞의 이 녀석인 것 같았다.

"너무하네. 아무리 그래도 여자애들은 그렇게 대놓고 말하진 않던데."

임찬은 고개를 절레절레 흔들었다. 나는 슬그머니 다시 자리에 앉았다.

"아니, 그러니까 왜 윙크 같은 걸 하고 난리야……. 아무튼 나 지금 바쁘니까 나중에 얘기하자. 만나서 반가웠어, 안녕."

하지만 임찬은 어쩐 일인지, 빈 의자를 끌고 와 내 옆에 앉았다. 이제 티켓팅까지 고작 10분밖에 남지 않았다. 나는 미리 숙지한 '티켓팅 필승 비법'에 따라 예매 사이트에 들어가 로그인부터 했다.

"오늘 비아 콘서트 티켓팅하는 날이야? 서버 시계는 켜 놨어? 팝업은 해제했고?"

가뜩이나 마음이 바쁜데 임찬이 계속 말을 거는 통에 도무지 집중할 수가 없었다. 아이디와 비밀번호가 자꾸만 오류가 났다.

"내가 도와줄까?"

"뭘?"

"티켓팅 말이야."

"네가 왜?"

"그냥…… 보고 있기가 답답해서? 너보단 내가 훨씬 빠를 것 같은데."

"너무하네. 그렇게 대놓고."

나는 조금 전 임찬이 내게 한 말 그대로 돌려주며 고개까지 절레절레 흔들어 보였다.

"지금 나한테 말 안 거는 게 날 도와주는 거야."

내가 쌀쌀맞게 면박을 주고 나서야, 임찬은 자기 자리로 돌아갔다. 방해꾼이 사라진 후, 나는 겨우 모든 준비를 끝낼 수 있었다. 예매 시작 5분 전이었다. 마지막으로, 미리 다운로드 받은 티켓팅 부적을 핸드폰 화면에 띄워 놓았다. 이것도 티켓팅 필승 비법 중의 하나였다. 티켓팅은 온 우주의 기운을 모아야 될까 말까 한 기적과도 같은 일이라는 게 그 이유였다. 내가 PC방에 왔다는 것 자체가 이미 기적이긴 했지만, 비법을 굳이 거스를 생각은 없었다.

시계가 7시 59분 00초를 알렸다. 그리고 57, 58, 59초를 지나 대망의 8시 정각, 나는 초록색으로 바뀐 예매하기 버튼을 재빨리 눌렀다. 팝업 창에 대기 순서 1524번이라는 메시지가 떴다. 대기 시간 7분 38초. 선예매 때 2만 번 대였던 걸 생각하면, 큰 결심을 하고 PC방에 온 보람이 없진 않았다.

'제발, 제발…….'

70분과도 같은 7분이 지났다. 나는 지난 패배를 교훈 삼아 욕심을 버리고 B석부터 살폈다. 선예매의 취소 표가 몇 장이나 풀렸을지 모르는 마당에, 좋고 나쁜 좌석을 따질 수 없었다. 간신히 한두 개의 좌석을 발견하고 눌렀을 때는 '이미 선택된 좌석입니다.'라는 메시지가 떴다. 이번에도 망했다는 느낌이 스멀스멀 발끝에서부터 차올랐다. 초조함에 마우스가 자꾸만 손끝에서 미끄러졌다. 그때, 건너편에서 임찬의 목소리가 들렸다.

"잡았다! 백세이, 나 잡았어!"

'설마?'

나는 벌떡 일어나 임찬을 향해 섰다. 그리고 손가락으로 작은 네모를 만들며 입 모양으로 물었다.

"티켓?"

임찬이 고개를 끄덕이며 다시 한번 내게 윙크와 미소를 날렸다. 그제야 난 임찬의 별명이 왜 '윙크 살인마'인지 확실히 알 수 있었다. 저 녀석의 윙크는 상대방으로 하여금 커다란 화를 불러일으켰다. 자칫 잘못하면 살인마는 내가 될 판이었다. 나는 임찬의 자리로 달려가 모니터를 확인했다. 진짜였다. 1층 동측 A구역 23열 40번이라는 문구가 정확히 떠 있었다. 나는 치밀어 오르는 화를 간신히 누르고 임찬에게 말했다.

"너 비아 안 좋아하잖아."

"응?"

"너 비아 안 좋아하잖아. 왜 티켓팅해?"

"좋아해. 네가 몰라서 그렇지."

"거짓말……."

납득할 수 없었다. 오늘이 티켓팅 날인 줄도 몰랐던 애도 성공하는데, 팬클럽까지 가입하며 손꼽아 기다려 온 나는 왜 두 번이나 실패하는지 말이다. 우주의 기운이 주인을 잘못 찾아도 한참 잘못 찾아갔다. 왈칵 눈물이 쏟아지려고 했다. 나는 고개를 푹 숙였다.

“야, 너 울어?”

임찬이 허리를 숙여 내 얼굴을 들여다보았다.

“뭘 봐? 짜증 나니까 꺼져.”

나는 임찬을 밀치고는 그대로 밖으로 뛰쳐나갔다. 우주의 기운은 개뿔. PC방도, 임찬도, 티켓팅도 싹 다 꼴도 보기 싫었다.

“뭐가 그렇게 화가 났던 거야?”

PC방에서의 사건을 들은 미나 선생님이 내게 물었다. 사실은 나도 알고 있다. 임찬한테 그렇게 심하게 말할 필요는 없었다는 걸 말이다. 누구에게나 티켓팅을 할 자유가 있다. 굳이 비아를 언제부터 좋아했는지, 노래를 몇 곡이나 따라 부를 수 있는지 증명해야 할 필요는 없다.

“부러웠던 것 같아요.”

“뭐가? 콘서트 표를 구한 게?”

나는 잠시 속으로 말을 골랐다.

“아뇨. 그렇게 고민 없이 아무 때나 아무 데고 갈 수 있다는 거요. 전 그렇게 좋아하는 비아 콘서트를 가는 데에도 거듭 용기를 내고 결심을 해야 하는데, 걘 그 짧은 시간에 가겠다고 결정했잖아요. 심지어 표도 구했고요. 제가 주저해서 티켓이 제게 오지 않은 것 같아요. 어쩌면 우주의 기운은 알았던 걸지도 몰라요. 저에겐 티켓을 줘 봤자, 포기해 버릴 수도 있다는 걸.”

선생님은 팔짱을 낀 채로 나를 빤히 바라보았다. 나는 '괜찮다. 그럴 수도 있다. 다음에 더 좋은 기회가 있을 거다.' 같은 위로의 말을 기다렸다. 미나 선생님은 내 마음이 무너졌을 때마다 늘 따듯한 말로 달래 주곤 했으니까.

"사과해."

"네?"

"그 애한테 미안하다고 말해. 얼렁뚱땅 넘어가지 말고."

그리고 선생님은 팔짱을 풀며 말을 이었다.

"근데 세이 이제 PC방에도 가고, 정말 대단하다. 숙제 잘했으니까 부모님께 허락받는 건 내가 책임지고 도와줄게."

"하지만 전 티켓이 없는데요?"

"세이야, 이 세계엔 취켓팅이란 게 있단다. 남이 취소한 티켓을 얼른 잡는 거지. 매일, 수시로, 예매 사이트에 들어가 봐. 혹시 아니? 우주의 기운이 네 노력을 가상하게 여길지도 모르지. 콘서트에 갈지 말지는 티켓을 구한 다음에 결정해. 미리 고민하지 말고."

선생님은 내게 따듯하지만 가벼운 위로의 말 대신, 냉정하지만 무거운 숙제를 내 주었다. 그리고 그 덕분인지, 나에겐 '취켓팅과 사과' 딱 두 가지만이 머릿속에 남았다. 우주를 원망하고 나를 미워하기엔 시간이 많이 모자랐다.

다음 날 5교시가 바로 수학 이동 수업이었다. 나는 서둘러 점심을 먹고 B반 수업이 있는 교실 복도에서 임찬을 기다렸다.

'임찬, 그날은 내가 미안했어.'

아니야, 이건 너무 진지해.

'야, 부럽다. 티켓도 있고.'

이건 좀 얼렁뚱땅 넘어가는 느낌인가?

무슨 말로 시작해야 어색하지 않을지 고민했다. 혼자 중얼거리며 서 있기를 10분쯤 했을까, 멀리서 걸어오는 임찬이 보였다. 큰 키에 새까만 머리카락과 눈썹이 딱 임찬이었다. 임찬이 나를 빤히 바라보는 게 느껴졌다. 나는 임찬을 향해 살며시 손을 들어 올렸다. 하지만 그게 끝이었다. 임찬은 나를 그대로 지나쳐 교실로 들어갔다. 윙크는 없었다. 얼굴이 화끈 달아올랐다. 나는 얼른 교실 자리로 들어가 수업 준비를 핑계 삼아 책으로 얼굴을 가렸다.

"백세이, 물티슈 있지? 나 좀 빌려줘."

뒷자리에 앉아 있던 유라가 내 옆구리를 쿡 찌르며 말했다. 나는 벌떡 자리에서 일어났다.

"야아, 왜 그래?"

그러고 보니 책상과 의자 닦는 걸 깜빡했다. 아무래도 오늘 샤워는 평소보다 더 길어지겠다고 생각했다.

내가 샤워하면서 하는 생각은 언제나 하나다. '그만 씻고 싶다.' 하지만 그것은 생각뿐, 몸과 마음은 정반대다. 방금 전 머리부터 발끝까지 깨끗하게 비누칠하고 헹궜다는 걸 분명히 알지만, 어쩐지 덜 닦인 부분이 있는 것만 같은 느낌이 든다. 그리고 그 느낌은 아주 강하게 나에게 달라붙어 잘 떨어지지 않는다. 이대로 끝내면 무언가 나쁜 것이 온몸에 퍼질 것만 같다. 그럼 난 또 하는 수 없이 방금 샤워를 시작한 사람처럼 다시 비누칠을 한다. 상태가 좋은 날은 이런 과정이 세 번 안에 끝나지만, 상태가 좋지 않은 날이면 몇 번이고 반복된다. 참고로 오늘은 일곱 번이었다.

고작 남의 책상과 의자에 몸 좀 닿은 것만으로 일곱 번이었으니, 진짜 비아 콘서트에 다녀오기라도 하면 아마 나는 그날 씻느라 밤을 새울지도 모른다. 하지만 그걸 알면서도 나는 비아 콘서트에 가고 싶다. 무사히 콘서트를 다녀오고 나면, 그다음부터는 나도 다른 애들처럼 영화관이든, 놀이공원이든, 팝업스토어든 실컷 다닐 수 있을 것 같다. 그러니까 나에게 비아 콘서트는 일종의 테스트다. 세상으로 한 걸음 나가기 위한 테스트.

나는 침대에 누워 핸드폰을 켰다. 이제 예매 사이트 접속은 눈을 감고도 할 수 있었다. 하지만 두 눈을 아무리 크게 뜨고 찾아도 취소 표는 보이지 않았다.

안타깝게도 그다음 날에도 수학 이동 수업이 있었다. 어제의 일로 사과는 접기로 했기에 더 이상 임찬을 신경 쓸 필요는 없었다. 그저 불편할 뿐이었다.

"자, 다음 문제는 누가 해 볼까? 오늘이 10일이니까, 10반 임찬. 나와서 풀어 봐."

수학 선생님이 임찬을 교실 앞으로 불렀다. 나는 혹시라도 임찬과 눈이 마주칠까 싶어 교과서만 보고 있었다. 그런데 얼마 지나지 않아 아이들이 키득키득 웃는 소리가 들렸다.

"쟤는 누가 윙크 살인마 아니랄까 봐 선생님한테도 저러네. 왜 저러냐? 진짜."

"근데 선생님 착하다. 혼내지도 않네."

임찬이 우리한테 하는 것도 모자라, 선생님에게도 윙크를 날린 모양이었다. 그때, 뒷자리에 앉은 유라와 민희가 속삭이는 소리가 들렸다.

"쟤 저거 틱이잖아."

"틱? 그게 뭐야?"

"재채기처럼 못 참고 막 나오는 거래. 나 6학년 때 쟤랑 같은 반이어서 알아. 근데 그땐 저렇게 뻔뻔한 캐릭터 아니고 되게 조용했는데."

나는 무심결에 고개를 들었다. 그리고 자리로 돌아오던 임찬과 눈이 마주쳤다. 이번에도 윙크는 없었다.

그날 저녁, 일부러 임찬의 인스타그램 계정을 찾아 본 것은 아니었다. 우리 반 남자애 계정 태그에서 wink_killer88이라는 아이디를 발견했고, 이게 그 녀석이라는 것을 직감했을 뿐이다. 거기까진 문제가 없었다. 그저 잠깐 구경하러 갔던 계정에서, 실수로 스토리를 누르기 전까지는 말이다. 3분 전 올린 스토리엔 검정 바탕에 하얀 글씨로 이렇게 적혀 있었다.

비아 콘서트 티켓 양도함. 관심 있는 사람?

내 눈으로 보고도 믿기지 않았다. 꼭 팬이 아니어도 우리 학교 10명 중의 9명은 가고 싶어 할 게 비아 콘서트였다. 그런 귀한 티켓을 양도한다니, 임찬은 참 알다가도 모를 아이였다. 그때, 인스타그램 알람이 울렸다.

—백세이?

wink_killer88로부터 온 DM이었다. 스토리를 본 걸 걸린 것 같았다. 망했다. 이대로 모른 척하고 싶었지만, 그러기엔 이미 정체가 탄로 나 버렸다. 난 아무렇지 않은 척 답했다.

—안녕. 임찬 맞지?

—응, 티켓 땜에 온 거야?

—그런 거 아니야!!!

아무리 창피해도 그렇게까지 염치없는 사람이 되고 싶진 않았다. 채팅 창에 임찬이 입력 중이라는 표시가 떴다 지워지고, 다시 떴다가 지워졌다. 그리고 조용했다. 나는 지난번에 못 했던 말을 하기로 했다.

—PC방에선 미안. 내가 좀 말이 심했어.

—괜찮아. 신경 쓰지 마. 나도 앞으로 너 귀찮게 안 할 거야.

―귀찮아서 그런 거 아니야. 콘서트 너무 가고 싶은데 잘 안되니까 화나서 그랬어. 근데 네가 나 놀리는 것 같고 그래서……. 아무튼 미안해.

―알았어. 그럼 저 티켓 너 가져.

―티켓? 왜? 너도 비아 좋아한다며.

―좋아하긴 하는데, 너만큼은 아니야. 혼자 가면 재미도 없고. 서울까지 어떻게 갔다 오냐? 그리고 사실…….

―??

― 그때 너 놀리고 싶은 마음도 쪼끔 있었어.

―뭐?!

―네가 딱 봐도 너무 어설프게 하고 있잖아. 가방엔 비아 굿즈를 그렇게 주렁주렁 달고 다니면서…… 도와준다니까 또 싫다고 그러고…….

내 방 의자 위에 놓인 책가방이 눈에 들어왔다. 앞주머니에 달린 복슬복슬한 병아리 인형과 BIA 알파벳 키링 모두 팬클럽 굿즈로 받은 것들이었다.

'근데 쟤가 저걸 언제 봤지? 이동 수업에 가방을 들고 가는 것도 아닌데…….'

생각해 보니 임찬은 PC방에서 만날 때부터 이미 내 이름을 알고 있었다. 그렇담, 그전부터 임찬은 나를 알았단 건데, 아무리 생각해 봐도 임찬과 나의 공통분모라고는 일주일에 세 번 듣는 수학 B반 수업, 딱 그것뿐이다. 이상하다는 생각이 들었지만, 어떻게 된 건지 물어보는 것도 웃긴 것 같았다.

—아무튼 티켓은 너 해.

—티켓 구했어?

—아니, 취소 표 잡으려고 계속 들락날락하는 중이야. 반 포기 상태이긴 하지만.

—도와준다고 하면 또 싫다고 할 거야?

나는 잠시 멈칫했다. 진짜? 굳이? 왜? 내가 아무 답도 하지 않자, 임찬이 다시 메시지를 보냈다.

—나 이런 거 잘해. 집에서도 어려운 티켓팅은 내가 다 해. 우리 반 여자애들 것도 몇 번 도와주고 그랬어. 못 믿겠으면 애들한테 물어봐. 그리고 이건, 그날 너 놀린 거 갚는 거야.

그럼 그렇지. 괜히 이상한 생각을 할 뻔했다. 나는 쿨하게 임찬의 사과를 받기로 했다.

—좋아. 그럼 부탁할게.

그날부터, 나와 임찬의 합동 티켓팅이 시작되었다. 정해진 시간은 없었다. 우리는 미나 선생님이 말했던 것처럼, 매일, 수시로 취켓팅을 시도했고 서로에게 상황을 공유했다.

—잡았음?

—아니, 너는?

—나도 꽝. 뭐 해?

—집에서 인강 들어. 너는?

—난 스카. 딴짓하지 말고 공부해.

—누가 할 말?

—ㅋㅋ

하지만 우리의 티켓팅과 메시지는 모두 다 핸드폰 안에만 있었다. 학교에선 나도 임찬도 서로에게 인사를 하지도, 말을 걸지도 않았다. 약속한 건 아닌데, 그냥 그렇게 했다. 그러니까 수학 B반 27명 중에 이 일에 대해 아는 것은 오직 우리 둘뿐이었다.

나는 조금씩 임찬에 대해 아는 것이 많아졌다. 임찬은 학교에 늦게 왔다. 밤새 안 자고 뭘 하는지, 교문이 닫히기 일보 직전에야 자전거로 아슬아슬 들어왔다. 점심시간과 등하교 시간에는 언제나 헤드폰을 끼고 다녔다. 한번은 무슨 음악을 듣느냐고 물어본 적이 있는데, 요즘은 비아 노래만 듣는다고 했다. 임찬이 비아를 좋아한다고 했던 것은 사실인 것 같아서 예전에 화를 냈던 게 더 미안해졌다. 임찬은 월, 수, 금엔 학원을 다니고, 화, 목엔 스터디카페에서 공부를 했다. 알고 보니, 그날 우리가 마주친 PC방이 임찬이 다니는 스터디카페 아래에 있었다. 하지만 내가 보기에, 스터디카페는 핑계고 PC방을 들르는 게 진짜 목적인 듯했다. 화, 목이면 언제나 'PC방. 티켓팅 도전!'이라는 메시지가 왔기 때문이다.

임찬의 별명이 '윙크 살인마'인 이유는 윙크를 하면서 활짝 웃기 때문이었다. 윙크와 미소라니. 그런 건 핸드폰 화면 속에서만 움직이는 남자 아이돌이라면 모를까, 현실 남자 사람에게서 보기엔 많이 부담스러운 것이었다. 그런데 가만히 관찰한 결과, 임찬은 혼자 있을 때엔 웃지 않았다. 수업을 들을 때나 혼자 멍하니 창밖을 볼 때에도 임찬은 가끔씩 허공에 대고 윙크를 했지만 웃지는 않았다.

그러니까 임찬이 윙크를 하면서 웃는 건, 누군가와 눈이 마주쳤을 때뿐이었다. 그걸 깨닫던 날, 나는 샤워를 마치고 거울 앞에 서서 임찬을 따라 해 봤다. 입꼬리가 올라가게 활짝 웃고, 한쪽 눈으로 찡긋 윙크를 했다. 정말 누구에게도 보여 주고 싶지 않은 모습이었다. 만약 이걸 매일 친구들 앞에서 해야 한다면, 나는 학교에 가고 싶지 않을 것 같았다.

아무리 둘이 힘을 모아도 티켓을 구하는 것은 쉽지 않았다. 2주일 동안 핸드폰을 손에 쥐고 잠들 만큼 열심이었지만, 나도 임찬도 티켓은커녕 보라색 상자 한 번 보지 못했다. 비아 팬클럽 커뮤니티엔 이따금씩 표를 구했다는 글이 올라왔다. 어떤 사람은 운 좋게 플로어석을, 어떤 사람은 B석 두 자리를 구했다고 했다. 하지만 무슨 표를 몇 장이나 구했건, 그들에게는 공통점이 있었다. 바로 새벽 3시 언저리에 성공했다는 것이었다. 나는 이 정보를 임찬에게 공유했다.

—취소 표 풀리는 시간이 그쯤인 것 같아.

—그럼 우리도 그때 들어가 보자.

—너 잠 안 자? 난 그때까지 밤 못 새워.

—알람 맞춰 놓고 자. 아님 내가 깨워 줄게.

—네가? 어떻게?

—전화할게. 번호 알려 줘.

임찬의 메시지를 받고, 나는 손에 땀이 나기 시작했다. 전화를 한다고? 그 밤에? 우리가? 그런 건 사귀는 사이에 하는 거 아니야? 근데 나 전 남친이랑도 그 시간엔 통화를 안 했는데? 짧은 시간에 열 개도 넘는 질문이 머릿속에 샘솟았다. 어지러웠다.

'그만, 백세이. 오버하지 말고 그만!'

나는 숨을 짧게 내뱉은 후 답을 보냈다. 분명히 입으로 '아냐, 괜찮아.'라고 했던 것 같은데, 나의 손가락은 전혀 다른 걸 쓰고 있었다.

—010-××××-5678

—응, 잘 자.

잠이 오지 않았다. 눈은 말똥말똥 심장은 두근두근한 게, 레드불을 두 캔 마셔도 이것보단 덜할 것 같았다.

'정말로 전화를 한다는 건가? 아니야, 생각만 해도 어색해. 그럴 필요 없다고 말해야겠어.'

하지만 이미 밤 12시가 지나 있었다. DM을 보내도 임찬은 자느라 메시지를 못 볼 터였다. 차라리 이대로 쭉 밤을 새우는 게

낫겠다는 생각을 끝으로, 나는 까무룩 잠이 들고 말았다.

우우웅, 우우웅, 우우웅.

베개 밑에서 핸드폰이 울렸다. 나는 간신히 눈꺼풀을 들어 올려 핸드폰을 보았다. 새벽 2시 40분. 아직 알람이 울릴 시간이 아니었다. 핸드폰 화면에 낯선 전화번호가 떠 있었다. 임찬이다.

나는 벌떡 일어나 침대에 앉아 흠, 흠, 목소리를 가다듬었다. 그리고 혹시나 방문 사이로 소리가 새어 나가지는 않을지 걱정하며 조용히 전화를 받았다.

"여보세요?"

"일어났어?"

핸드폰을 귀에 바짝 붙인 탓일까, 마치 임찬이 내 귀에 대고 말하는 것만 같았다. 스르르 손에 힘이 빠져 핸드폰을 침대 위에 떨어뜨렸다.

"여보세요? 여보세요? 백세이, 내 말 안 들려?"

새까만 밤 작은 소리 하나 없이 고요한 가운데, 임찬의 목소리만이 내 방 안에서 커졌다 작아졌다 움직이고 있었다. 나는 얼른 에어팟을 연결해 임찬의 목소리를 내 귀에 가두었다.

"어어, 나야."

"난 또 전화하다 다시 잠든 줄 알았네."

"뭐래, 내가 너냐?"

"난 아까부터 새로 고침 중이었거든? 너도 들어가 봐."

"알았어."

두 손 바쁘게 예매 사이트를 돌아다니느라, 임찬도 나도 말이 없어졌다. 대신 작게 몰아쉬는 숨소리, 그리고 "아." "그렇지." "쯧." 하는 중얼거림이 속삭이듯 이어졌다. 어쩐지 귓불이 간질거렸다. 나는 작게 한숨을 쉬며 핸드폰 볼륨을 줄였다.

"백세이."

내가 집중하지 않고 있단 걸 눈치챈 걸까. 임찬이 나지막이 내 이름을 불렀다.

"어?"

"너 자면 안 된다?"

"걱정 마. 안 자."

우리는 조금 웃다가 전화를 끊었다. 불을 끄고 다시 침대에 누웠을 때에도 임찬의 목소리는 한동안 내 귓가에서 사라지지 않았다.

첫 번째 통화를 시작으로 우리는 매일 밤 서로의 목소리를 들었다. 30초에서 1분, 3분 그리고 5분. 통화 시간은 점점 늘어났다. 아직 잠이 덜 깼으니까, 구역을 나눠야 하니까, 그런 이유로 통화가 길어지다가 나중에는 아무 이유 없이 전화를 끊지 않았다. 단순히 티켓 때문이라기엔 우리는 매일 밤 지나치게 열심이었다. 오히려 취켓팅은 아무 소득도 없었다. 애초에 누군가 표를 취소하지 않는다면 아무 의미가 없는 기다림이었다. 나도 임찬도 그걸 모르는 건 아니었다. 하지만 둘 중 누구도, 그만두자는 말을 꺼내지 않았다.

그렇게 일주일쯤 지났을 때, 나는 망가진 수면 패턴을 견디지 못하고 결국 늦잠을 자고 말았다. 지각을 면하기 위해 정신없이 뛰어 교문을 통과하는데, 내 옆으로 자전거 한 대가 끼익, 하고 멈추어 섰다. 임찬이었다. 머리는 까치집을 하고 한쪽 옷깃은 하늘을 향해 뒤집어져 있었다. 그 모습에 나는 피식 웃고 말았다.

"안녕."

임찬은 자전거를 세운 채, 나를 보고 웃으며 인사했다. 물론 윙크도 있었다. 나는 얇고 길게 쌍꺼풀진 임찬의 눈이 조금 귀엽다고 생각했다. 사실 "잘 자."라는 인사를 나눈 게 바로 몇 시간 전이었다.

"어어, 안녕."

나는 괜히 가방끈을 만지작거리며 작게 중얼거렸다.

"임찬, 안 늦었냐?"

누군가 지나가며 소리쳤다. 임찬이 손을 뻗어 내 가방을 어깨에서 끌어내렸다. 그러더니 새끼를 안은 어미 코알라처럼 제 가슴 앞에 옮겨 멨다. 그리고 내가 뭐라 할 틈도 주지 않고 말했다.

"가자!"

임찬이 자전거 바퀴를 굴리며 앞으로 달렸다. 나도 얼결에 그

옆을 따라 뛰기 시작했다. 아침부터 얼굴에 열이 올랐다.

그리고 그날 밤, 나는 마침내 취켓팅에 성공했다. 그동안 애쓴 것이 허무하다 싶을 정도로 간단했다. 로그인을 하고, 날짜를 고르고, 구역을 몇 번 눌렀더니 보라색 네모 상자가 떴다. 나는 핸드폰 너머에서 임찬이 알려 주는 대로, 무통장 입금으로 결제까지 차분하게 마쳤다. 2층 남측 L구역 13번. 1층은 아니지만, 서브 스테이지와 가까워 나쁘지 않은 자리였다.

"드디어 성공했네."

"그러게. 진짜 성공이네."

"이제 마음 놓고 푹 잘 수 있겠다."

"그러게. 나 때문에 너 잠도 못 자고 미안."

"아니, 그런 말이 아니라."

임찬답지 않게 말이 빨랐다. 그리고 짧은 한숨 소리가 들려왔다. 나는 서둘러 말을 덧붙였다.

"암튼 도와줘서 고마워."

"뭘, 또……."

어색한 침묵이 길게 이어졌다. 임찬도 나도 갑자기 말하는 법을 잊어버린 사람들같이 굴었다. 나는 결국 먼저 인사를 꺼냈다.

"그럼 잘 자."

"너도."

아마도 마지막일 우리의 밤 통화는 그렇게 끝이 났다.

은소홀

나는 침대에 누워 핸드폰을 열어 보았다. 내가 그토록 간절히 바란 비아 콘서트 티켓이 내 손에 있었다. 날아갈 것처럼 기뻐야 할 텐데 이상하게도 내 마음은 그렇지 않았다. 아니, 오히려 무언가를 잃어버린 것처럼 텅 비어 버렸다.

'진짜 이렇게 끝인 건가?'

남몰래 하던 재밌는 게임을 강제 종료 당한 것만 같았다. 나는 인스타그램을 열어 피드를 훑었다. 다 관심 없고 지루한 것들뿐이었다. 그러다 우연히, 정말로 우연히, 아니 사실은 임찬의 아이디를 검색해 들어갔다. 게시물이라고는 딸랑 세 개, 그것도 맨날 PC방에서 하는 게임 캡처 사진이 전부인 계정이다. 나는 스토리 하나 없는 임찬의 프로필 사진을 눌렀다. 그리고 임찬을 불렀다.

—임찬.

—어.

답은 금세 왔다.

—너 아직 티켓 갖고 있어?

—응. 있어.

나는 조금 고민하다 임찬에게 물었다.

—있잖아, 콘서트 같이 갈래?

메시지 창에 입력 중이라는 표시가 떴다. 그리고 사라졌다. 나는 서둘러 메시지를 이어 썼다.

―생각해 보니까 너도 비아 좋아한댔고,

―이제 둘 다 티켓 생겼으니까

―그냥…….

메시지 창에 내가 보낸 말풍선들만 차곡차곡 쌓이고 있었다. 이제 임찬에게서 읽음 표시도 뜨지 않았다. 메시지 창을 아예 닫아 버린 모양이었다. 심장이 빠르게 뛰고 속이 울렁거렸다. 어떻게든 자연스럽게 상황을 마무리 지어야 했다.

―그냥 한번 물어보는 거니까 불편하면 대답 안 해도…….

거기까지 썼을 때, 핸드폰이 울렸다. 임찬이었다. 초록색 통화 버튼을 누르자, 임찬의 낮은 목소리가 내 귓속을 가득 채웠다.

"좋아."

우리는 통화가 이어진 채로, 서울로 가는 기차표를 끊었다. 우리의 두 번째 티켓팅이었다.

비아의 콘서트까지 일주일이 남아 있었다. 간만에 잠을 푹 잔 덕분인지, 학교에 가는 발걸음이 산뜻했다. 6교시 수업도 무사히 잘 지나갔고, 샤워 비누칠도 세 번 만에 끝냈다. 매끄럽고 평온한 하루였다. 그런데 시간이 너무 안 갔다.

나는 학교 쉬는 시간마다, 학교 끝나고 집에 오는 길에, 저녁 식탁에서, 샤워 후 젖은 머리를 말리면서, 습관처럼 핸드폰으로 예매 사이트를 들락거렸다. 딱히 할 일은 없었다. 그저 콘서트 티켓이 잘 있는지 확인하고 다시 창을 닫았다. 티켓팅에 매달리지 않았을 때는 도대체 뭘 하고 시간을 보냈는지 기억이 나지 않았다. 하루 종일 핸드폰은 조용했다. 아직 저녁 9시였다. 시간표를 보니 수학 이동 수업은 내일 5교시에나 있었다.

임찬의 목소리를 다시 들은 것은, 다음 날 점심시간이었다. 먼저 알아본 것은 나였다. 급식 줄 스무 번째쯤 앞에 임찬이 친구들과 서 있었다. 나는 양팔을 위로 쭉 뻗어 기지개를 켰다. 임찬의 눈높이에 나의 손이 닿기를 바랐지만, 임찬은 뭐가 그리 재밌는지 내 쪽으로는 눈길 한 번 주지 않았다.

'친한 애들이랑 얘기할 땐 저런 표정이구나.'

그러고 보니 내가 임찬과 얼굴을 보고 대화를 나눈 것은 PC방에서가 전부였다. 그럼 콘서트 날이 두 번째라는 건데, 그날 우리 괜찮을까. 그런 생각을 하는데 저 앞에 있던 임찬이 한 줄, 한 줄 뒤에 있던 애들을 앞으로 보내고 뒤쪽으로 자리를 옮겨 왔다. 그리고 내 앞에 섰다. 순식간에 임찬과 나 사이의 거리가 겨우 손바닥 하나만큼 가까워졌다. 자칫하면 임찬의 등에 얼굴이 닿을 것만 같았다. 줄이 한 발 한 발 앞으로 움직였지만 내 발은 어쩐지 떨어지지 않았다.

"야, 뭐 해. 바싹 붙어. 배고파 죽겠는데."

뒤에 선 아이들이 걸음을 재촉했다. 나는 마지못해 줄을 따라갔다. 다행히 임찬은 그냥 내 앞에 섰을 뿐, 말을 걸지도, 뒤

돌아보지도 않았다.

문제는 급식대 앞에 도착했을 때였다. 급식판에 손을 뻗는데, 앞에 서 있던 임찬이 미리 하나 더 빼 두었던 급식판을 나에게 내밀었다. 그리고 아주 잠깐, 아무도 눈치채지 못할 만큼 살짝, 임찬의 손이 나의 손끝을 스쳤다. 나는 깜짝 놀라 몸을 뒤로 뺐다. 그러자 주인을 잃어버린 급식판이 요란한 소리를 내며 바닥에 떨어졌다.

"아, 미안."

임찬이 놀란 얼굴로 나를 바라보았다. 아니, 주변의 모든 아이들이 나를 보았다. 뭐야? 왜 저래? 누구야? 아, 백세이. 걔잖아, 결벽증. 하는 수군거림이 들리는 것 같았다. 나는 그대로 뒤를 돌아 급식실을 뛰쳐나갔다. 아프다는 핑계로 수학 수업은 들어가지 않았다. 그리고 그날 밤, 한동안 잊고 있던 목소리들이 꿈에서 다시 나를 찾아왔다.

"혼자 깨끗한 척은 다 해. 재수 없게."

이건 초등학교 때 화장실에서 들었던 어떤 친구의 목소리.

"이럴 거면 왜 나랑 사귄다고 했어?"

이건 난생처음이자 마지막으로 사귀었던 전 남자친구의 목소리.

나는 바보 멍청이였다. 그동안 마음이 붕 떠서, 중요한 사실을 잊고 있었다. 콘서트는 늦은 밤의 통화처럼 안전한 내 방에서 이루어지는 게 아니라는 걸 말이다. 내 발로 테두리 밖으로 나가야 한다는 것. 누군가를 가까이 마주해야 한다는 것. 그 당연한 사실을 나는 까맣게 잊고 있었다.

—백세이, 괜찮아?

—전화해도 돼?

아침에 깨어났을 때, 핸드폰에는 지난밤에 임찬이 보낸 메시지가 떠 있었다.

—미안, 어제 일찍 잤어.

그리고 그날부터 샤워 시간이 두 시간을 넘기기 시작했다. 덕분에 학교는 매일 지각이었다. 수학 시간에는 보건실을 갔다. 멀리서 임찬 같은 애가 언뜻 보이기라도 하면, 얼른 화장실로 숨었다. 그리고 손을 씻었다. 한동안 괜찮았던 손가락 끝이 예전처럼 빨갛게 부어올랐다. 결국, 줄었던 약용량이 다시 늘었다. 신기하고 한심하지만 약은 꽤 도움이 되었다.

콘서트 전날이 되어서야, 나는 도망치기 바빴던 마음을 간신히 붙잡아 앉힐 수 있었다. 하지만 거기까지였다. 아무리 생각하고 또 생각해도 용기가 나지 않았다. 결국 임찬에게 메시지를 썼다.

—미안해, 임찬. 아무래도 나는 콘서트 같이 못 갈 거 같아. 정말로 미안.

전송 버튼을 누르지 못하고 메시지 창만 보고 있는데, 임찬이 나에게 메시지를 쓰기 시작했다. 곧이어 도착한 것은 유튜브 링

크였다. 이번 비아의 콘서트 직캠 영상이었다. 커다란 콘서트장을 가득 채운 사람들이 보였다. 그리고 그들의 머리 위 캄캄한 하늘에 수많은 드론이 별처럼 반짝거리며 촛불을 만들고, 바람처럼 흘렀다. 그 안에 비아의 목소리가 울려 퍼졌다.

조용히 숨겨 둔 나의 하루 끝에
너의 목소리가 불을 켜듯 와 닿아
여전히 세상은 어둡고 낯설지만
너를 듣는 순간 다시 길이 열려 와

나도 가 보고 싶다. 저기 저 빨갛고 파란 불빛 중 하나가 되어서 노래 부르고 싶다. 임찬도 그럴 것이다. 내일이면 콘서트에 간다는 기대에 부풀어 있을 것이다.

나는 그대로 핸드폰 화면을 껐다. 이제 와서 콘서트를 가지 않겠다니, 내가 생각해도 최악이었다.

'그래, 못 가더라도 최소한 만나서, 만나서 말하자.'

나는 기차 시간에 맞춰 KTX 역으로 나갔다. 광장 시계탑 앞에 임찬이 서 있었다. 나는 임찬에게 다가가다 말고, 멈추어 섰다. 딱 열 걸음만 더 가면 되는데 그게 잘 안됐다.

무거운 발을 억지로 옮기는데, 이제 보니 저 앞의 임찬이 어쩐지 평소와 달라 보였다. 내가 아는 임찬은 큰 키로 언제나 활짝 펼쳐져 있는 아이였다. 그런데 지금은 시계탑에 붙어서 아주 작게 오므라져 있었다. 검은 모자를 푹 눌러쓴 채였다. 두 눈이 다 가려질 정도로. 내가 가만히 서 있던 꽤 긴 시간 동안 임찬은 단 한 번도 고개를 들지 않았다.

그제야 나는 깨달았다. 그러니까 이건 나에게만 어려운 일이 아니었던 거다. 임찬에게도 꽤나 용기가 필요한 일이었던 거다. 곧 내 핸드폰이 울렸다.

"언제 와?"

나는 핸드폰을 꽉 쥐었다. 숨을 고르고 발을 떼었다. 무겁다는 생각이 들지 않았다. 임찬이 나를 기다리고 있다. 그 생각밖에 나지 않았다. 나는 임찬을 향해 손을 흔들며 다가갔다.

"안녕! 내가 좀 늦었지?"

내 목소리를 들은 임찬은 그제야 어깨를 펼쳤다. 모자를 살짝 들어 올리고는 나를 향해 배시시 웃었다. 물론 윙크도 곁들여서. 나는 임찬의 옷을 잡아끌었다.

"빨리 와, 가자."

그렇게 나는 임찬과 서울행 기차에 올라탔다. 아무 대책도 없었다. 그저 별일이 없기를 바랄 뿐이었다. 티켓에 적힌 자리를 찾았을 때, 임찬은 통로에 나를 세워 둔 채로 가방을 뒤적이기 시작했다.

"잠깐만."

그리고 물티슈를 꺼내 좌석 손잡이와 테이블을 닦기 시작했다. 나는 그런 임찬을 가만히 보고 서 있었다. 구석구석을 꼼꼼하게 닦는 임찬의 어깨 너머로, 유리창에 비친 내가 보였다. 정말 잘 숨기고 있다고 생각했는데 아니었나 보다. 아무리 아닌 척해도, 결국 다 티가 났던 거다. 그런 생각을 하자 눈물이 났다.

"야, 백세이. 왜 그래?"

아무 말도 할 수가 없었다. 나는 창가 자리에 앉아 휴지 뭉치를 붙들고 펑펑 울었다. 다 울고 났을 때 기차는 빠른 속도로 달리고 있었다. 눈과 코가 부어올라 화끈거렸다. 나는 엉망이 된 얼굴을 창쪽으로 돌렸다. 임찬이 모자를 벗어 나를 향해 크게 부채질을 했다.

"덥다, 그치?"

부채 바람이 어찌나 센지, 젖은 휴지 뭉치들이 날아가 바닥에 뒹굴었다. 임찬은 이런 순간에도 참 임찬 같아서, 나는 결국 웃고 말았다.

"오늘 공연 세트리스트래."

나는 일주일 전에 팬카페에서 미리 받아 둔 비아의 콘서트 예상 곡 목록을 임찬에게 보내 주었다. 임찬은 링크를 열어 한참을 들여다보았다. 하지만 그뿐이었다.

"안 들어 봐?"

"나 이어폰 없는데."

"뭐? 기차에 타면서 이어폰을 안 챙겼어? 대중교통 탈 땐 챙겨야지."

"생각해 보니까 그렇네."

임찬이 웃었다.

"대중교통을 잘 안 타서 몰랐어."

"맞다. 너 학교도 자전거 타고 다니지?"

"응, 사실 나 기차 처음 타 봐."

임찬이 말했다. 나는 고개를 돌리지 않았다. 그냥 핸드폰에 눈을 고정한 채 작은 목소리로 말했다.

"나도 기차 타는 거 처음이야. 지하철이랑 버스 타기 시작한 것도 얼마 안 됐어."

"응."

임찬은 내게 이유를 되묻지 않고 그냥 응, 이라고 대답했다. 그러고는 뒤이어 말했다.

"그럼 나 잔다. 도착하면 깨워 줘. 놓고 가지 말고."

"쓸데없는 소리 하지 말고 잠이나 자."

임찬은 입가에 웃음을 머금은 채로 눈을 감았다. 나는 비아의 노래를 들었다. 불과 한 달 전까지 이름도 모르던 아이와 함께 비아 콘서트를 가고 있었다. 어쩌면 오늘 비아의 콘서트도, 이렇게 얼결에 보고 올 수 있지 않을까 생각했다. 그리고 그런 일이 일어난다면, 분명히 그건 임찬 덕분일 것이다.

나는 잠든 임찬의 얼굴을 보았다. 창문 커튼 사이로 햇살이 비칠 때마다 임찬의 눈 주위가 조금씩 떨렸다. 나는 손을 뻗어 임찬의 눈 위에 그늘을 만들어 주었다. 기차가 덜컹거렸다. 임찬의 눈 위에 떠 있던 나의 새끼손가락 끝이 톡, 하고 임찬의 눈에 닿았다. 가슴이 철렁 내려앉았다. 다행히 임찬은 눈을 조금 찡그릴 뿐, 깨지 않았다.

나는 임찬과 닿았던 내 손을 들여다보았다. 신기하게도 괜찮았다. 씻고 싶단 생각이 들지 않았다. 나는 다시 한번 손을 뻗어 임찬의 눈 위 허공을 손가락으로 문질렀다. 마치 임찬의 눈을 쓰다듬는 것처럼. 만질 수 있을 것도 같았다.

기차가 터널 속으로 들어가며 주위가 어두워졌다. 햇빛은 사라졌지만 손 아래에는 여전히 온기가 감돌았다. 꼭 모닥불 앞에서 손을 녹이는 것 같은 느낌이었다. 이내 다시 환해졌을 때, 내 손은 어느새 임찬의 눈 위에 포개어져 있었다. 임찬이 눈을 깜빡이자 속눈썹이 내 손바닥을 간지럽혔다. 나는 황급히 손을 거뒀다.

"미안."

임찬이 빠히 나를 바라보았다. 그리고 나와 임찬의 무릎 사이 의자에 자신의 왼손바닥을 펼쳐 올렸다. 무언가를 기다린다는 듯이. 나는 잠시 숨을 멈추고 생각했다. 할 수 있을 것 같았다. 나는 손을 뻗었다. 그리고 임찬의 엄지손가락을 감싸 잡았다. 그러자 임찬이 내 손등 위로 자기 네 손가락을 덮었다. 그리고 내 이름을 불렀다.

"백세이."

"왜."

"너 나 안 좋아하잖아."

"어?"

"너 나 안 좋아하잖아. 왜 손잡고 그래?"

나는 임찬의 무릎 위에 놓여 있던 모자를 들어 임찬의 머리에 푹 씌워 버렸다. 그리고 말했다.

"좋아해. 네가 몰라서 그렇지."

기차가 서울역 플랫폼으로 들어서고 있었다. 에어팟에선 여전히 비아의 노래가 흘러나왔다. 그 순간 나는 내가 테두리 바깥에 있다는 걸 알았다. 그리고 그건 임찬도 마찬가지였을 것이다. 나는 에어팟을 귀에서 빼고, 핸드폰을 가슴 가까이 올려 잡았다. 비아의 목소리가 임찬과 내 어깨 사이로 작게 울려 퍼졌다.

마녀의 맛,
러브 호르몬

김지완

김
지
완

『컵라면은 절대로 불어선 안 돼』로 제
26회 문학동네어린이문학상 대상,
『아일랜드』로 제20회 마해송문학상,
『순일중학교 양푼이 클럽』으로 제14
회 자음과모음 청소년문학상을 수상
했다.

내가 이렇게 된 건 유자를 닮아서야. 열다섯 살이 되도록 마녀, 마력, 저주 같은 단어들이 내 삶을 사로잡는 건 틀림없이 유자의 어떤 것을 내가 이어받았기 때문이라고. 나는 오늘 그렇게 생각을 정리한 뒤 유자를 만나러 왔다.

유자는 냄비에 우유를 붓고 티백과 함께 뭉근하게 끓였다. 곧이어 얼그레이 티백의 달콤하고 쌉쌀한 향이 가게에 퍼졌다. 유자는 밀크티를 완성하기 위해 찬장에서 가루가 든 팩을 꺼냈다. 그 신묘한 비법 가루 덕분인지 유자가 만드는 밀크티에는 언제나 맑은 달빛이 반짝였다. 밀크티는 마력을 유지하기 위해 꼭 필요한 차라고, 유자는 내가 아주 어릴 때 조용히 일러 주었다.

"……마력?"

어린 내가 되물었다.

"마녀에게는 마력이 항상 필요하거든. 몰랐어? 내가 마녀라는 거."

"정말? 유자, 나도 마녀 하고 싶어."

유자는 내 이마를 부드럽게 문지르며 말했다.

"으응. 희원이도 할 수 있어."

"진짜로?"

"진짜로. 평소에 못된 생각을 자주 하면 돼. 못된 생각들이 마음 안에서 보글보글 끓어오르다가 확 넘치는 순간이 오는데, 그때 마음이 시키는 대로 하면 돼. 그때가 마녀가 되는 순간이야."

"보글보글……."

유자의 말을 곰곰 생각하던 내 곁으로 엄마가 지나가며 덧붙였다. "희원아, 이모가 장난치는 거야. 이모 마녀 아니야." 그리고 유자를 향해 눈을 흘겼다. "이모가 돼서 참 좋은 거 가르친다." 엄마의 뒷모습이 멀어지자 유자는 내게 귓속말로 이렇게 속삭였다. "네 엄마는 나에 대해 아무것도 모르지."

그 말은 반쯤은 정답이었다. 내가 중학생이 될 때까지도 유자가 어디서 뭘 하고 다니는지 엄마와 아빠는 잘 모르는 눈치였다. 유자는 외국, 그중에서도 특히 아시아권 나라를 바쁘게 돌아다니며 가끔씩 검게 그을린 얼굴로 나타나곤 했다. 유자는 얼마 전 서울양천마녀 협동조합의 조합원이 되어 조그만 가게를 열었다. 생활 잡화를 파는 가게 이름은 '실 잣는 여자'였다. 거기서 재활용 천으로 만든 퀼팅 식탁보도 팔고 캔들과 앞치마도 뚝딱뚝딱 만들어 팔았다.

오늘 '실 잣는 여자'에 왔을 때 가게를 지키는 조합원은 총 세 명이었다. 유자와 참새와 열무. 참새는 온라인 주문 건을 포장하고 있었고 열무는 빗자루로 가게 입구를 쓸고 있었다. "희원이 그새 엄청 컸네." "이제 별로 아기 같지 않다, 그치?" 참새와 열무가 조잘거렸다. 이모의 가장 친한 친구인 그 두 명은 피가 섞이지 않은 내 또 다른 이모들이기도 했다.

"맛이 어때?"

유자가 내온 밀크티를 한 모금 홀짝였다. 평소보다 맛이 진하고 달콤했다. 히야, 감탄을 뱉자 유자가 우쭐한 표정으로 웃었다. "맛이 다르지? 새로운 마법술을 좀 섞었단다." 유자는 아직도 이런 장난을 좋아한다. 어쩌면 장난이 아닐 수도 있다고, 나는 속으로만 생각한다.

"유자, 나 할 말이 있어서 왔어. 이건 정말 중요한 일이야."

"어, 말해."

유자는 대충 답하며 핸드폰을 꺼내 들었다.

"제발 나한테 집중해 줄 수 있어?"

나는 유자의 핸드폰을 낚아채 교복 주머니에 넣어 버렸다. 유자는 눈을 흘겼다.

"재미없는 이야기이기만 해 봐."

"나 좋아하는 사람이 생겼어."

"재미없어. 폰 내놔."

유자는 칼같이 답했다. 예상한 반응이었다.

"세 명이야."

유자가 눈을 가늘게 떴다.

마녀의 맛, 러브호르몬

"조금 재밌어지려고 해."

"유자, 아무래도 내가 마녀의 저주에 걸린 것 같아."

그제야 유자는 아주 재밌는 장난감을 발견한 아이처럼 웃었다. 나는 유자에게 카드 점을 보고 싶다고 말했다. 겨울이 오기 전까지 내 진짜 첫사랑이 누군지 알고 싶었다. 나중에 누군가 내 첫사랑에 대해 물었을 때 세 명의 얼굴을 동시에 떠올리고 싶지는 않았다.

"기다려, 카드 가지고 올게."

유자는 일반 타로와는 다른 특별한 카드로 점을 볼 줄 알았다. 네팔인가 미얀마에 수련을 갔다가 그곳의 영험한 타로술사에게 물려받은 거라고 주장하는 카드 더미였다. 그 말이 정말인지는 알 수 없지만 유자는 내가 아주 어릴 때부터 그 카드 점으로 내 고민을 상담해 주었다. 내가 유자 때문에 점점 요상하고 괴상한 미신에 집착한다며 엄마가 카드 점 금지 선언을 내리기 전까지 말이다.

"대신 유선이한테 말하지 마라."

유자가 서랍에서 꺼낸 카드 더미를 뒤적이며 말했다. 유선은 엄마 이름이다.

"내가 하고 싶은 말이야. 지금부터 하는 이야기는 엄마 귀에 들어가선 안 돼."

우리는 새끼손가락을 걸고 맹세했다. '맹세'라는 단어에 소라 생각이 뭉게뭉게 피어올랐다. 유자는 책상에 카드 더미를 탁 탁 친 다음 무지개 모양으로 빠르게 정렬했다. 볼 때마다 놀라운 손기술이다.

"카드 하나에 한 사람만 생각해. 마음이 꼬이지 않도록."

"노력해 볼게."

첫 카드의 주인은 소라였다. 가운데 있는 카드를 짚어 보이자 유자는 그것을 홱 뒤집었다.

"이건 검은 여우의 산딸기라는 카드야."

유자의 목소리는 차분하면서도 힘 있었다.

검은 여우의 산딸기

소라와 내가 첫 키스를 했을 때 우리는 초등학교 3학년이었다. 소라는 부모님과 영화 한 편을 보고 온 다음 날 나를 화장실로 불러냈다. 어제 본 영화에서 남자주인공과 여자주인공이 서로 소리를 지르며 싸우더니 순식간에 달라붙어 키스를 했다고 말했다. 그렇게 빠르게 키스를, 화해를 할 수 있다는 게 너무 놀라웠다고 속삭였다.

"싸우다가 응응을 했다고?"

나는 키스라는 단어를 입에 올리기 부끄러워 그렇게 고쳐 말했다.

"응응을 했다니까! 그것도 엄청 순식간에."

소라도 곧장 키스를 응응이라고 바꿔 말했다. 나는 소라의 그런 배려와 순발력이 좋았다. 소라는 우리가 앞으로 큰 싸움을 하면, 그래서 도무지 화해할 방법이 떠오르지 않으면 우리도 응응을 하자고 했다.

"꼭 그러자!"

우리는 새끼손가락을 걸고 우정의 맹세를 했다.

얼마 가지 않아 우리는 크게 다퉜다. 전학 온 지율이가 우리 사이를 이간질했기 때문이다. 나는 지율이 말만 믿고 소라를 피해 다녔다. 소라는 눈물로 얼룩진 얼굴을 하고는 나를 놀이터로 불러냈다.

긴긴 말다툼의 결론은 나의 패배였다.

"김희원, 네가 잘못했지? 잘못한 거 맞잖아."

소라는 의기양양하게 나를 몰아붙였다.

"응…… 나 이제 확실히 알았어. 지율이가 나쁜 년이었어."

"맞아. 그 나쁜 년."

우리는 처음으로 누군가를 향해 욕설을 뱉었다. 그러자 속이 아주아주 시원해졌다. 어디선가 용기가 불쑥 샘솟는 것 같았다. 소라는 이제 때가 되었다는 듯 목소리를 낮추고 말했다.

"그럼, 이제 하자."

김지완

"응……? 뭘……?"

"응응을. 제대로 화해하기 위해서는 우정의 맹세를 지켜야지."

소라는 내 손을 잡아끌고 미끄럼틀 안으로 들어갔다. 우리는 그곳을 공주의 탑이라고 불렀다. 공주의 탑 안에서 우리는 서로의 어깨를 붙잡고 천천히 키스했다. 소라의 입에서 달짝지근한 포도 사탕 냄새가 났고 그것이 나쁘지 않았다. 응응을 하다 보니 몸이 간지러웠다. 울음과 웃음이 동시에 터져 나올 것 같았다. 마음 구석에 독버섯이 와르르 피어나는 것 같았다. 나는 그 순간 유자를 떠올렸다.

유자 말이 맞았어. 보글보글 끓어오르는 못된 생각. 그게 확 넘쳐흐르는 순간의 순간.

그날 이후로 우리는 더 자주 싸웠다. 별 시답잖은 이유를 대면서, 싸우기 위해 싸웠고 화해하기 위해 또 싸웠다.

"알지? 맹세를 지킬 차례야."

화해의 끝은 어김없이 공주의 탑으로 가 응응을 하는 것이었다. 응응이 끝난 다음 우리는 서로를 오래오래 껴안았다.

그러던 어느 날이었다. 소라가 훌쩍훌쩍 울며 전화를 걸어왔다. 큰언니에게 자신의 비밀 일기장을 들켰다고 했다. 소라의 비밀 일기장은 자물쇠로 꽁꽁 잠겨 있어 나조차도 본 적이 없었다. 하지만 나는 거기에 뭐가 적혀 있었을지 단박에 알아차렸다.

"너랑 한 번만 더 그런 짓 하면 엄마랑 아빠, 선생님한테 다 말해 버릴 거래. 친구끼리는 원래 절대로, 절대로 그런 짓을 하는 게 아니래."

소라는 이제 응응을 그런 짓이라고 불렀다.

"근데 너희 언니가 부모님은 아니잖아……."

나는 약간 자신 없는 목소리로 대꾸했다.

"그래도 가족이잖아."

"가족이라고 말을 다 들어야 하는 건 아니잖아. 너희 언니 진짜 이상하다. 아무리 가족이라도 함부로 일기장을 훔쳐보면 안 되는 거지."

소라는 말을 멈추고 잠자코 듣기만 했다.

"어쨌든 이제 응응은 절대 안 돼. 이게 새로운 우정의 맹세야."

소라는 내가 큰언니를 비난해서 기분이 상했는지 그렇게 통보하고는 전화를 끊었다.

나는 그날 낙서장을 펼쳐 얼굴도 본 적 없는 소라의 언니를 마구마구 욕하는 만화를 그렸다.

'니가 뭔데?'

'니가 뭔데 우리 사이를 갈라놓고 XX인데?'

고깔모자를 쓴 서구풍 마녀를 그린 뒤 옆에다 말풍선을 덧붙였다.

'마녀는 아주 화가 나서 못된 생각을 시작했어요. 마녀의 사랑을 방해하는 사람에게 무시무시한 저주를 걸어 버렸지요.'

마지막 문장을 쓰자 진짜로 그럴싸한 이야기처럼 느껴졌다. 내 낙서장에는 비밀 자물쇠가 없었기 때문에, 그날 나는 집 밖 편의점까지 가서 낙서장을 찢어 버렸다.

소라와 그 후로 응응을 하는 일은 없었다. 우리는 예전처럼 공주의 탑에서 옥상 탈출을 하고 네임펜으로 이것저것 그림을 그리며 놀았다. 응응이라는 단어는 멸종한 희귀 동물의 이름처럼 들을 일도 부를 일도 없게 되었다. 어쩐지 전보다 우리의 놀이가 시시해진 느낌이라고, 나는 생각했다.

4학년이 되고 5학년이 되면서 우리는 우리가 한 일이 무엇이었는지 어렴풋이 깨닫기 시작했다. 소라의 얼굴을 보는 일이 점점 민망하고 조마조마해졌다. 우리는 자연스럽게 서로에게서 등을 돌렸고, 다른 단짝 친구를 찾았고, 새로운 우정의 맹세를 나누었다.

소라와 다시 가까워진 건 중학교 2학년이 된 올해 봄이었다. 1학년 때 친했던 친구들과 반이 뿔뿔이 갈라진 탓에 소라도 나도 유난히 기가 죽어 있던 참이었다. 우리는 혼자 있는 서로를 발견하고는 다시 찰싹 달라붙었다. 지난 일은 누구도 입 밖으로 꺼내지 않았다.

"오늘 우리 집 가서 놀래?"

소라는 나를 집으로 초대했다. 소라네 집은 초등학교 때와 똑같은 모습과 냄새를 간직하고 있었다. 그곳에 들어서자 꼭 타임

머신을 탄 기분이었다. 소라와 나는 〈블루 스트레인저〉 게임을 했다. 조그만 컴퓨터 책상에 꼭 붙어 앉아 마을을 침략한 외계 인을 파작파작 밟아 죽일 때였다.

소라가 외계인을 한곳으로 몰며 말했다.

"희원, 너 키스해 본 적 있어?"

"어?"

"초딩 때 나랑 한 거 말고."

이제 소라는 응응을 응응이라고 하지 않았다. 그런 짓이라고 도 하지 않았다.

"없지. 나 모태 솔로잖니."

나는 아무렇지 않은 척하려 노력했다.

"헐, 충격인데. 네가 모솔이라니."

"넌 있어?"

그러자 소라가 씩 웃었다.

"나 황연우랑 사귀어. 보름 전부터. 어제 첫 키스 했다."

황연우는 반에서 게임을 가장 잘하는 남자애였다. 얼굴도 그 럭저럭 볼만했다. 아니, 중요한 건 그게 아니었다. 소라는 '첫 키 스'라고 말했다. 첫 키스라는 단어와 그 단어가 가진 의미를 소 라는 분명하게 알고 있었다.

"누가 먼저 고백했는데?"

그것 또한 중요한 게 아니었지만 나는 물었다.

김지완

“나!”

소라가 상큼하게 손가락으로 자신의 얼굴을 가리켰다.

그 후로 나는 굳은 표정으로 외계인을 거듭 죽였다. 픽셀로 표현된 파란 피가 화면에 낭자했다. 소라는 말이 없어진 내 눈치를 슬금슬금 살폈다. 나는 소라가 내 눈치를 살피자 내게 화를 낼 정당한 권리가 있다고 믿게 되었다.

“집에 갈래.”

나는 결국 자리를 박차고 일어났다.

“갑자기? 왜에, 저녁 먹고 가지이.”

소라가 애교 있는 말투로 나를 붙잡았다. 나는 소라를 똑바로 쳐다보았다.

“나쁜 년.”

“뭐라고?”

“넌 나쁜 년이야.”

가방을 메고 소라의 집에서 빠져나왔다. 미지근한 봄바람 때문에 멀미가 난 것처럼 속이 울렁거렸다. 잠시 후 소라에게서 문자가 왔다.

—모태 솔로라고 놀려서 미안해. ㅜㅜ 장난친 건데 그렇게 기분 나빠 할 줄 몰랐엉.

나는 그 문자를 받고 조금 안심했다. 오케이 이모티콘을 대강 보내고 핸드폰 전원을 껐다.

마녀의 맛, 러브 호르몬

그날 밤 나는 꿈에서 소라와 응응을 하고, 응응을 하는 동안 까무러칠 만큼 좋은 기분을 느끼다가 돌연 깨어났다. 깨어난 순간 나는 알게 되었다. 소라는 이런 꿈을 꾸지 않을 거라는 거. 나에게 처음은 소라지만 소라의 처음은 내가 아니라는 거.

기분이 나빴다. 이토록 기분이 나쁜 건 소라의 집이 초등학생 때와 무서울 만큼 똑같았기 때문이라고, 컴퓨터 모니터에 붙어 있던 모찌모찌 토끼 스티커마저 그대로였기 때문이라고, 생각을 매듭지으면서 눈을 감았다. 당연하게도 잠은 오지 않았다.

＊ ＊ ＊

유자는 카드 해설집을 펼쳐 신중하게 읽어 내려갔다.

"검은 여우의 산딸기 키워드는 욕망 혹은 소유욕입니다. 검은 여우가 산딸기를 먹다가 빨간 여우로 변해 버렸다는 스페인 구전 동화가 있습니다. 검은 여우가 빨간 여우가 되면, 덫에 걸려 몸에 피가 나도 피인지 털인지 구분할 수 없습니다. 연애 점사에서 뽑힌 카드라면 신중해지십시오. 산딸기에 집착한 여우의 최후를 기억하십시오."

유자는 카드를 읽는 중간중간 밀크티를 한 모금씩 마셨다. 밀크티 냄새가 은은하게 퍼졌다. 나는 그 냄새가 공중에서 완전히 흩어질 때까지, 소라와 나 사이에 있었던 일들을 들려주었다. 많은 일이 축약되고 철저히 내 입장에서만 설명된 이야기였지만 말이다.

이야기를 들은 유자는 답했다.

"네 생각보다 훨씬 많은 사람이 친구와 키스를 하지. 술 먹고 저지른 실수든, 참았던 마음이 폭발한 것이든 여러 경우의 수와 여러 경로로 그걸 해."

유자는 내가 여자인 친구와 키스했다는 것에 조금의 동요도 없었다. 가장 친한 친구인 열무가 양성애자이기 때문일 수도 있었다.

"중요한 건 너처럼 굴다간 우정도 사랑도 날린다는 거지. 넌 소라한테 왜 다짜고짜 욕을 했냐? 소라랑 친하게 지내다 보니 걔가 좋아진 거야? 사귀고 싶어?"

"모르겠어. 그냥 그 순간…… 소라한테 상처 주는 말을 꼭 해야 분이 풀릴 것 같았어."

"못된 기집애."

유자가 카드를 다시 섞었다.

"나중에 참새가 만든 캔들 하나 가져가. 가서 소라한테 줘. 그 캔들은 선물을 준 사람과 받은 사람의 애정을 더 끈끈하게 해 주는 마법술이 들어간 거야. 캔들을 주면 용서하기도 용서받기도 쉬워져. 초를 태울 때마다 서로에게 남아 있는 앙금도 녹아

내릴 거야."

바로 이런 점! 유자의 이런 점이 나를 알쏭달쏭하게 만드는 거다. 유자가 정말로 마법을 부리는 마녀가 아닐까 터무니없는 생각을 하게 하는 거다. 나는 저 멀리서 헤드셋을 낀 채 리듬을 타고 있는 참새를 바라보았다. 숙련된 동작으로 포장지를 접는 참새의 열 손가락에는 문신이 가득했다. 유자는 참새가 손으로 빚는 모든 물건에는 소량의 마력이 들어 있다고 주장했다. 손가락에 있는 마법 문양이 그 증거라면서. 참새의 마법이 나와 소라를 다시 이어 붙여 줄까? 내가 그걸 바라고 있긴 한 걸까?

"이제 새로 뽑아."

유자가 새로 정렬된 카드를 내 쪽으로 다시 밀었다. 나는 오른쪽 귀퉁이에 있는 카드를 하나 뽑았다. 여름과 함께 찾아온 내 마음속 소음, 최정민을 떠올리면서 말이다.

"칼 만드는 대장장이. 오호."

유자가 슬며시 웃었다.

칼 만드는 대장장이

최정민은 나에게 처음 전자음악이라는 것을 알려 준 아이다. 나는 그 애가 1학년 가을 축제 때 조그만 게임기기 같은 '미디

김지완

패드'를 가지고 나오기 전까지는, 솔직히 전자음악이라는 장르가 있는 줄도 몰랐다. 최정민은 축제 날 미디 패드로 뚱땅뚱땅 공연을 펼쳤다. 유행하는 아이돌 음악도 아니고 코인 노래방에서 부르는 발라드도 아니었다. 그날 심장박동처럼 쿵쾅대던 그 애의 전자음악은 조용한 학교에 날아든 태풍이었다. 최정민은 또래 아이들과는 달리 자신만의 세계가 완벽히 만들어진 남자애였다. 그 사실을 모두가 알게 되었다. 축제 이후로 최정민을 짝사랑하는 여자애들이 야금야금 늘었다. 나는 짝사랑까진 아니었지만 최정민의 인스타그램 계정을 종종 훔쳐보곤 했다. 2학년 때 같은 반이 되고는 교실에서도 그 애의 옆모습을 훔쳐보았다.

최정민과는 여름방학을 한 달 앞두고 짝꿍이 되었다. 그때 처음 인사라는 행위를 나눴다.

"안녕. 너 작년 축제 때 전자음악 만든 애 맞지?"

내가 물었다.

"아…… 기억하네. 그거 내 흑역산데."

1년이 채 되지 않은 일이었는데도 최정민은 마치 코딱지를 파던 여덟 살 때를 회상하듯 답했다.

"흑역사? 아니야. 너 멋있었어."

"그땐 내가 좀 부족했거든. 경험 삼아 나간 거긴 한데, 그래도 진짜 흑역사지."

"그럼 그새 네 실력이 늘었단 얘기?"

내가 말하자 최정민은 잠시 머뭇거렸다. 새로 만든 작업물이 있다고, 원한다면 점심시간에 들려주고 싶다고 했다. 나는 좋다고 대답하면서 속으로는 조금 놀랐다. '작업물'이라는 단어를 쓰는 열다섯 살이라니. 나와는 다른 종족 같아 보였기 때문이다.

급식을 먹지 않고 교실에 남은 건 처음 있는 일이었다. 배에서 꼬르륵 소리가 날 것 같았지만 참았다. 잘 모르는 남자애와 시간을 보내기 위해 급식을 포기하는 내 모습이 마음에 들었다. 소라는 최정민과 함께 있는 내게 음흉한 눈빛을 보내며 급식실로 달려갔다.

"왜 저래."

나는 투덜거렸지만, 소라의 그런 반응이 사실은 기분 좋았다.

"이건 엊그제 만든 자작곡이야."

최정민이 노트북을 주섬주섬 꺼냈다.

"제목이 뭔데?"

"무제."

"무죄? 무죄 판결할 때 그 무죄?"

심오한 제목이군. 나는 생각했다.

"아니. 무제. 언타이틀."

나는 무제가 뭘 뜻하는지 이해하지 못했지만 대강 알아들은 체했다. 최정민은 내게 새빨간 헤드셋을 건넸다. 알파벳 'b'가 음각으로 새겨진 값비싼 브랜드였다.

"넌 안 들어? 그냥 내 이어폰으로 한 개씩 나눠 들을래?"

내가 제안하자 최정민은 단호하게 고개를 저었다.

"왼쪽 음향이랑 오른쪽 음향이랑 각각 달라."

음악의 '음' 자도 몰랐던 나는 고분고분 헤드셋을 착용했다. 그리고 선물을 기다리는 아이처럼 눈을 꼭 감았다. 잠시 후 송곳처럼 날카로운 음이 몇 초 들렸다. 그러더니 구와왕 구와왕 하는 공사장 소리가 리드미컬하게 울려 퍼졌다. 솔직히 말하자면, 내게는 너무 난해하고 이상한 음악이었다.

나는 자연스럽게 웃으려고 노력했다.

"으음, 어렵다. 되게 낯설어. 그리고 좀 의미심장하달까……."

그러자 최정민은 만족스럽게 웃었다. "오, 의미심장." 최정민은 노트에 의미심장이라는 네 글자를 끼적이고는 양손으로 내 헤드셋을 천천히 벗겨 주었다. 성큼 다가오는 손에 나도 모르게 입술을 잘근 깨물었다. 쿵쿵 울리던 베이스음처럼 가슴께가 의미심장하게 진동했다.

그날부터 나는 최정민과 점심시간을 내내 함께했다. 최정민은 원래 급식을 잘 안 먹는 아이였다. 밤을 새우고 오는 날이 많아 밥보다 잠이 고프다고 했다. 그 애가 추천하는 앨범이나 직접 만든 음악을 함께 듣다 보면, 그 애는 어느새 책상에 엎드린 채 곯아떨어져 있을 때가 많았다. 나는 가끔 최정민의 얼굴 위에 손으로 차양을 만들어 주었다. 무더운 초여름 햇빛에 구겨진 눈매가 귀여워 보였다.

"야아, 일어나."

최정민은 곧잘 수업 종이 칠 때까지도 잠에 빠져 허우적거렸다. 내가 어깨를 살짝 흔들어 깨워 주면 눈을 비비면서 웃었다.

하루는 깊은 잠에 빠진 최정민을 평소처럼 흔들어 깨우는데 그 애가 내 손을 확 잡더니 아래로 끌어 내렸다. 내 의자와 최정민 의자 사이, 우리가 맞잡은 손이 툭 떨어졌다. 손과 함께 심장도 그리로 떨어지는 듯했다. 손바닥에서 순식간에 땀이 배어났다.

"1분만. 딱 1분만 더 잘래."

최정민은 잠투정하는 어린아이처럼 말했다. 선생님이 앞문을 열고 들어와 모니터 전원을 켜는 순간까지도 최정민은 내 손을 놓지 않았다. 뒷자리에 앉은 애들이 우리를 보고 어이없다는 듯 말했다.

"니네 뭐 하냐. 왜 수업 시간에 연애질?"

최정민은 그 말에 아무런 대꾸도 하지 않았다. 분명 연애질이라고 했는데, 우리 연애하는 사이 아닌데……. 나는 최정민이 금방이라도 몸을 돌려 우리 그런 사이 아니라고 선을 그을까 봐 신경을 곤두세웠다.

최정민이 세게 잡았던 손을 놓으면서 가뿐하게 말했다.

"아, 오늘 왠지 곡 작업 잘될 삘이다."

김지완

최정민은 '삘'이라고 했다. 나는 최정민에게 무려 삘이란 것을 주는 여자애였다. 떨리는 마음을 애써 무시하고 침착한 표정을 유지했다. 최정민 쪽으로 몸을 기울여 속삭였다. "내일 또 피곤해하지 말고 일찍 자." 그 말은 반은 진심이고 반은 거짓이었다. 잠에 약한 최정민이 내게 휘청휘청 기대고, 깨워 달라고 부탁하는 모습을 오래 보고 싶었다. 내 걸로 만들고 싶었다. 알잖아, 나는 네게 삘을 줄 수 있는 사람이야. 최정민이 그걸 꼭 알았으면 싶었다.

여름방학을 며칠 앞둔 날이었다.

"듣고 나서 어땠는지 말해 줘."

최정민이 27분 32초짜리 파일을 틀어 주고는 자리를 비웠다. 담임 선생님과 학기 마지막 상담이 있는 날이었다. 나는 음악이 11분을 넘어갈 때쯤 지루함을 참지 못하고 노트북의 인터넷 창을 켰다. 주소창에 인스타그램을 써넣었다. 자동 로그인이 된 최정민 계정으로 넘어갔다. 그간 몰래몰래 훔쳐보던 계정에 직접 접속하게 된 것이다. 처음에는 신기해서 이 탭 저 탭 눌러 보며 파도타기를 했다. 그러던 때였다.

보글보글 끓어오르는 못된 생각. 그게 확 넘쳐흐르는 순간의 순간.

또다시 마녀의 시간이 내게 찾아왔다.

나는 최정민의 다이렉트 메시지 창을 열었다. 메시지 목록에는 여자들이 가득했다. 어떤 여자들은 성인처럼 보였다. 나는 노트북 터치패드를 움직여 대화 목록을 내려 보았다. ♡로 마무리된 대화창이 하나 있었다.

클릭했다.

—사진 꼴려

—더 보내 조

최정민이 보낸 메시지였다. 아마 상대는 24시간이 지나면 자동으로 사라지는 메시지 기능을 쓴 듯 대화의 흔적이 없었다. 혹은 그쪽에서 메시지를 보낸 뒤 빛처럼 빠르게 삭제했을 수도 있었다. 뭘 보냈을까. 왜 지웠을까. 이어지는 최정민의 반응이 내 상상력을 자극했다.

—내일 또 보내 주세요

—헥헥♡

다른 대화창을 눌러 보았다. 더 보여 주면 안 돼요?? 하트 하트, 누님 비키니 사진 쫌 주시죠. (눈물 흘리는 토끼 이모티콘), 전 왕가슴이 좋아요 하트 하트……. 대화의 대상만 다르고 내용은 다 거기서 거기였다.

나는 조용히 인스타그램을 나갔다. 그런 다음 인터넷 방문 기록을 삭제하고, 쿠키 내역을 지워 증거를 인멸했다. 조심조심 노트북을 덮었다. 노트북을 덮는 손이 조금 떨렸다.

“후, 하.”

심호흡을 했다. 얼굴이 자꾸 벌게지는 것 같았다. 초등학교 때, 아빠 핸드폰을 몰래 훔쳐보다가 야동 사이트를 발견했다며 엉엉 울던 반 친구가 떠올랐다. 우리는 진실게임을 하던 중이었다. 친구의 진실은 난감한 종류였다. 나는 반 친구의 등을 열심히 도닥여 주었지만 속으로 생각했다.

‘그러게 그걸 왜 보니?’

왜 보긴, 이딴 게 있을 줄 알고 봤나. 나는 과거의 나에게 그렇게 말해 주고 싶었다.

상담이 끝난 최정민이 돌아와 물었다.

“어땠어?”

어땠냐고? 구렸어. 심하게 구렸어. 그렇게 말하고 싶었지만 나는 잘 모르겠다고 둘러댔다. 최정민은 자기가 가장 최근에 만든 앨범이라고, 좋지 않았냐고 보채듯 물었다. 갑자기 짜증이 치솟았다. 내가 지 팬인가? 좋지 않은 것도 다 좋다고 해 줘야 하나? 내가 여름방학에 뭘 할 건지는 하나도 궁금하지 않나?

나는 배가 아프다는 핑계를 대고 보건실로 도망쳤다.

침대에 누워 눈을 말똥말똥 뜬 채 시간을 보냈다. 아까 봤던 대화창의 내용을 곱씹다가 나도 모르게 내 양쪽 가슴에 손바닥을 지그시 올려 보았다. 누워 있어서 그런지 평소보다 더 납작하게 느껴졌다. 솔직히 브래지어를 하지 않아도 상관없을 만큼 작았다.

최정민도 내 가슴이 너무 작다고 생각할까?

왠지 그럴 것 같았다. 그러자 갑자기 그 사실이 중요한 문제처럼, 결정적 계기처럼 느껴졌다. 최정민이 나한테 사귀자고 하지 않는 이유에 내 가슴이 몹시 큰 이유를 차지할 것만 같았다. 속이 꼬이는 것 같았다.

"구려. 구려. 구려."

나는 계속 중얼거렸다. 이런 생각 하는 나도 구리고, 사진을 구걸하고 다니는 최정민도 구려서 그 말을 참을 수가 없었다. 최악의 여름방학이 될 거라는 예감이 들었다.

＊　＊　＊

"칼 만드는 대장장이는 상처, 분노가 키워드입니다. 대장장이는 사회적 입지와 자신의 야망을 위해 항상 화려하고 뜨거운 불길로 뛰어드는 습성이 있습니다. 그 불길로 인해 그들을 사랑하는 사람의 마음이 다칠 수 있습니다. 이 카드가 연애 점사에서 뽑혔다면, 상대의 마음을 알기보다 자신의 마음을 먼저 돌보십시오."

유자가 한 줄 한 줄 읽어 내려가며 내 표정을 살폈다. 나는 유자에게 최정민에 대한 이야기를 들려주었다. 그 사이 열무는 틴더에서 만난 여자친구를 만나러 나갔고 참새는 여전히 헤드셋을 낀 채 포장을 하고 있었다. 참새의 헤드셋에는 알파벳 'b'가 없었다. 참새는 어떤 음악을 좋아할까? 그러고 보면 최정민은 내게 그걸 물어본 적이 없었다.

"아아, 나는 내 조카를 이렇게 키우지 않았는데."

이야기를 듣는 내내 유자는 양손으로 머리를 싸매며 괴로워했다. 보건실에 누워 내 가슴 사이즈가 어쩌고저쩌고, 를 말하는 동안 유자는 실제로 얼굴이 새빨개져 손부채질을 거듭했다.

"희원아, 누군가를 만나기에 너무 작은 가슴 사이즈 같은 건 없어."

유자는 또렷한 목소리로 말했다.

"나한테 방학 잘 보내고 있냐는 연락 한 통 없었어. 우리가 보냈던 시간은 도대체 뭐야? 난 걔가 내 손을 잡은 뒤로 진짜로 좋아졌는데. 그날은 나한테 진짜 반짝반짝한 순간이었단 말이야."

유자는 내 하소연을 가만히 듣다 복조리 모양의 퀼팅 파우치를 꺼내 건넸다. 최근에 여러 색깔의 천을 이어 붙여 만든 파우치랬다.

"기억 봉인 파우치야. 파우치를 열어서 네 소중한 기억을 구체적으로 떠올린 다음 꽉 묶어. 그럼 그 기억은 나쁜 감정으로 훼손되거나 손상되지 않을 거야. 좋은 순간은 좋은 순간대로 분리

매녀의 맛, 러브호르몬

해서 간직할 줄 알아야 해."

기억 봉인술은 유자가 가장 자신 있는 마법 중 하나라고 했다. 파우치를 건네받은 나는 최정민과 손잡던 순간을 떠올렸다. 강아지풀로 심장을 간질이는 기분, 독사과처럼 새빨간 최정민의 헤드셋, 잇단음표 모양의 오디오 파일들, 잠에 취한 아기 같은 얼굴, 까맣게 그을린 손, 그리고, 그리고, 헥헥, 왕가슴, ♡……아니, 아니지. 나도 모르는 새에 줄줄이 소시지처럼 딸려 나오는 나쁜 기억들을 끊어 내야 했다. 알록달록한 파우치를 기도하듯 꼭 쥐었다. 예쁜 기억만 체에 걸러 내서 잘 넣어 두겠다고 다짐했다.

이제 마지막 점사였다. 신중하게, 신중하게 카드 한 장을 뽑았다. 맨 왼쪽에 놓인 카드였다.

"장난기 어린 천사."

유자가 카드 이름을 또박또박 읽었다. 장난기 어린 천사. 그것이 마치 히이라기 쇼타의 다른 닉네임이라도 되는 것처럼 쇼타의 웃는 얼굴이 선명하게 떠올랐다.

장난기 어린 천사

히이라기 쇼타는 2학년의 유일한 외국인 학생이었다. 쇼타 덕

김지완

분에 제2 외국어로 일본어를 선택하는 아이들이 많았다. 쇼타는 귀찮을 법도 한데 늘 다정한 태도로 아이들에게 여러 단어를 반복해서 발음해 주었다. 내가 쇼타에 대해 아는 정보는 이게 전부였다. 내가 선택한 제2 외국어는 중국어였다. 우리가 서로 돌봄 파트너가 되기 전까지는 어떠한 접점도 없었다는 뜻이다.

여름방학이 끝나고 2학기가 시작됐다. 2학기 첫 학급 이벤트는 담임 선생님이 기획한 서로돌봄이었다. 선생님은 서로돌봄 기간 동안 파트너끼리 함께 학급 업무를 수행하고, '돌봄 행위'를 하나씩 꼭 주고받아야 한다고 말했다. 친하지도 않은 사이에 파트너가 되는 것도 난감한데 돌보기까지 하라니. 선생님이 시도하는 이런저런 이벤트 중에 가장 알쏭달쏭했다.

"우리가 유기견도 아니고 노인도 아닌데 뭘 돌봐요? 왜 돌봐요?"

한 아이가 짓궂게 물었다. 반 애들 모두 비슷한 생각을 하고 있었던 것 같다. 선생님은 예상한 반응이라는 듯 여유롭게 미소 지었다.

"파트너와 함께 그 이유도 생각해 보렴. 이 이벤트를 하는 이유 말이야."

나는 내 파트너 쇼타를 흘끔 보았다. 쇼타는 유기견도 아니고 노인도 아니었지만 어쩐지 속을 알 수 없는 표정과 마른 몸 때문인지 길에 사는 고양이처럼 보였다. 쪼그려 앉아서 그 애를 불러내면, 경계를 늦추지 않으면서도 슬쩍 다가올 것 같았다.

우리, 그러니까 나와 쇼타가 맡은 업무는 학급 쓰레기를 모아 재활용 쓰레기장에 분리수거를 하는 일이었다. 첫날 쇼타는 분리수거를 하는 15분 동안 한마디도 하지 않았다. 덩달아 조용해진 나는 눈으로 쇼타를 꼼꼼히 관찰했다.

하얗고 말쑥한 얼굴. 춘추복 바지 위에 항상 레이어드해 입는 하복 치마. 마른 목을 다 덮을 만큼 긴 머리칼. 몇몇 아이들은 쇼타가 특별한 척하기 위해, 외국인이라는 걸 과시하기 위해 그렇게 입고 다니는 거라고 했다. 뒤에서 비아냥거리는 애들이 전부 쇼타의 도움을 톡톡히 받는 일본어 선택자들이라는 건 참 아이러니한 일이었다.

서로돌봄 둘째 날, 우리는 문 잠긴 옥상 밑 계단에서 만났다. 아무도 올라갈 수 없는 학교 옥상은 인기가 없었다. 그 계단은 우리만의 비밀스러운 장소가 되었다. 우리는 연필을 쥐고 각자의 무릎 위에 놓인 돌봄 일지를 골똘히 들여다보았다.

쇼타가 연필 꼭지에 달린 지우개로 자신의 관자놀이를 톡톡 두드렸다. 후에 알게 된 사실. 그건 생각할 때마다 나오는 쇼타의 버릇이었다.

"돌본다는 게 어떤 걸까?"

쇼타가 혼잣말처럼 물었다.

"말 그대로 상대방을 성의껏 보살피는 거지."

쇼타는 내 대답만으로는 만족스러워 보이지 않았다.

"성의껏 보살피는 방법도 여러 가지가 있잖아. 성의껏이라는 말도 주관적이고. 뭘 어떻게 해야 할지 잘 모르겠는데."

맞는 말이었다. 담임 선생님은 서로를 돌보라고만 했지 어떻게 돌보라고 알려 주지는 않았다. 나는 고민하다가 이렇게 답했다.

"우리가 서로에 대해 몰라서 막막한 거 아닐까? 서로한테 뭐가 부족한지, 뭘 좋아하는지 그런 걸 먼저 알려 주면 어때?"

다른 아이였으면 그렇게 말하지 않았을 거다. 나는 쇼타가 진짜로 궁금했다. 그 애에 대해 알고 싶었고 그 애의 속마음에 호기심이 생겼다. 쇼타는 내 말을 듣더니 고개를 끄덕였다.

"네 말이 맞네. 그럼 파트너가 앞으로 날 어떻게 돌봐 줬으면 좋겠는지 생각해 보자."

"그래. 내일 학교 끝나고 재활용 쓰레기장 앞에서 다시 만나."

때마침 쉬는 시간이 끝나는 종이 울렸다. 쇼타는 앞장서 계단을 사뿐사뿐 내려갔다. 계단을 내려갈 때마다 쇼타의 가늘고 긴 머리카락이 살랑거렸다. 지나치게 새까만 머리칼이 흰 목과 대비되었다. 그 모습이 꼭 검정과 하양이 절묘하게 섞인 얼룩 고양이 같았다. 보드랍고 따뜻한 털을, 아니, 그 애의 머리카락을 쓰다듬어 보고 싶다는 생각이 문득 들었다.

"잘 부탁해, 희원."

교실에 들어가기 전 상냥한 목소리로 쇼타는 인사했다. 다른 남자애들은 아무도 그렇게 인사하지 않는다. 성을 떼고 이름만 부르지도 않는다. 자기 자리를 찾아 앉는 쇼타에게서 눈을 뗄 수 없었다. 쇼타는 어느덧 무심하고 조용한 얼굴로 정면을 보고 있었다. 조금 전 웃는 얼굴은 온데간데없었다. 표정을 자유자재로 쓸 줄 아는 아이라는 게 느껴졌다.

애들이 틀렸어. 쇼타는 특별한 척하는 게 아니라 그냥 특별한 애잖아.

수업 시간 내내 그런 생각이 머릿속을 가득 채웠다.

다음 날 쇼타는 재활용 쓰레기장에 먼저 도착해 나를 기다리고 있었다. 불투명한 무언가를 든 채로 멀거니 서 있는 모습이 멀리서부터 눈에 띄었다. 가까이 다가가자 쇼타가 들고 있는 게 다름 아닌 뽁뽁이라는 걸 알아차릴 수 있었다. 뽁뽁이. 깨지기 쉬운 물건을 보호하는 완충재 말이다.

"그걸 왜 들고 있어?"

"생각해 봤는데 난 뽁뽁이를 터트릴 때 기분이 좋아. 뽁뽁 터지는 소리가 귀엽기도 하고, 터트리다 보면 스트레스도 풀리잖아."

나는 웃음을 참고 물었다.

"근데?"

"희원이 네가 이 뽁뽁이를 매일 나한테 가져다주는 거 어때?

돈을 주고 살 필요도 없어. 찾아 보니까 이 분리수거장에 꽤 있더라고. 이게 내가 원하는 돌봄이야."

그 순간 나는 쇼타가 너무 귀여워서 아하하, 아하하하, 웃고 말았다. 그때 쇼타의 표정과 말투를 보면 누구라도 그랬을 거다. 갑자기 쇼타가 독특한 신비주의자가 아니라 그저 천진난만한 꼬마처럼 느껴졌다.

이제 내 차례였다.

"좋아. 내가 하루에 한 번 뽁뽁이를 가져다줄게."

"……."

"그럼…… 넌 하루에 한 번 네 머리카락을 만질 수 있게 해 줄래?"

속에서 불쑥, 개구리가 튀어오르는 것처럼 이상한 말이 튀어나왔다.

"머리카락?"

쇼타는 눈을 동그랗게 뜨고 물었다.

"응. 난 다른 사람 머리칼 만지는 걸 아주 좋아하거든. 예전에 고양이를 키웠는데 그 고양이 털을 쓰다듬는 게 내 행복이었어. 네가 뽁뽁이를 좋아하는 거랑 비슷한 논리지."

거짓말이 술술 나왔다. 난 고양이를 키워 본 적이 없었다. 내 안의 개구리가 천연덕스럽게 거짓말을 한 탓에 쇼타는 당황스러워 보였다. 쇼타는 자신의 머리카락을 손바닥으로 거듭 쓸어

내렸다.

"고양이 털 같은 촉감은 아닌 것 같은데…… 원한다면 만져도 돼."

대답이 떨어지자마자 나는 거의 본능적으로 쇼타의 머리카락에 손을 가져다 댔다. 몇 번 쓸어내려 보다가 이번에는 두피 가까이까지 손을 넣었다. 내 손가락 사이사이를 타고 흐르는 긴 머리칼은 보이는 것보다 훨씬 부드럽고 따뜻했다. 부들부들한 담요 같았다.

"이게 좋아?"

쇼타가 물었다. 나는 고개를 끄덕였다.

"근데 돌봄 일지에 이런 걸 써도 될까? 혼나는 거 아냐?"

쇼타가 조금 걱정스럽다는 듯이 중얼거렸다. 소라는 돌봄 파트너인 성민호와 쉬는 시간마다 문제집을 함께 풀었다. 각자 부족한 과목을 도와주는 게 그들이 정한 돌봄 행위라고 했다. 다른 아이들도 비슷비슷했다.

"중요한 건 우리가 서로에게 진짜로 필요한 걸 주고받는 거야. 선생님도 사실은 그걸 원하셨을 거야."

나는 평소보다 또박또박 말했다. 내가 생각해도 설득력이 충분한 목소리였다. 그렇게 우리의 서로돌봄은 뽁뽁이와 머리카락의 교환 시간이 되었다.

규칙은 이랬다. 3교시 쉬는 시간이 되면 옥상 밑 계단에서 만난다. 쇼타가 내가 준 뽁뽁이를 터트리는 동안 나는 한 칸 위 계단에 앉아 그 애의 머리카락을 만진다. 여기서 예외. 매일매일 서로의 기분과 상태를 유심히 살피다가 서로에게 그것(뽁뽁이 혹은 머리카락)이 필요하다고 느끼면 정해진 시간이 아니라도 만나서 돌봄을 주고받는다. 쇼타가 덧붙인 그 예외 덕분에, 나는 매일 쇼타의 마음 상태를 꼼꼼히 살폈다. 일본어 전공자들이 쇼타를 힘들게 하는 날에는, 더 크고 빵빵한 뽁뽁이를 찾기 위해 쓰레기장을 뒤졌다.

하루는 뽁뽁이를 만지는 쇼타의 손에 시선을 자꾸 빼앗겼다.

"너는 손가락이 되게 길다."

내가 말하자 쇼타는 "그런가?" 하며 뽁뽁이 터트리기를 잠깐 멈추고 손을 이리저리 돌려 보았다.

"게다가 엄청 하얗고 예뻐."

쇼타 앞에서는 내 입에서 나온 것 같지 않은 말이 자꾸 새어 나왔다. 내 감상을 들은 쇼타는 자기 손가락을 무심히 보았다. 자세히 보니 엄지손가락 부근에 별자리 같은 점이 세 개나 박혀 있었다. 얘는 왜 점까지 독특하고 난린지.

"엄지손가락이 일본어로 뭐야?"

"오야유비(おやゆび)."

쇼타의 일본어 발음은 부드러워서 듣기 좋았다. 마치 쇼타의 머리카락 같았다.

"발음이 예쁘네."

"남의 나라말은 다 예쁘게 들려."

쇼타가 심드렁한 말투로 말했기 때문에 나는 또 웃었다. 웃음이 공중에서 완전히 사라지기 전에 그 힘을 빌려 물었다.

"한번 잡아 봐도 될까?"

"그래."

나는 아기의 주먹 쥔 손을 그러잡는 것처럼 천천히 쇼타의 엄지를 잡아 보았다. 보기와는 다르게 단단한 뼈마디가 느껴졌다. 손가락에 힘을 줘 악력기를 쥐듯 쇼타의 엄지손가락을 쥐었다 폈다 했다. 쇼타는 "간지러워." 하고 옆구리를 비틀었다. 이번에는 내 손안에 꽉 잡힌 쇼타의 엄지손가락을 초미니 햄스터나 외계에서 온 생물체라고 여기면서, 숨 쉴 구멍을 조심조심 열어 주었다.

"요만한 동물이 있으면 좋겠어. 손바닥 안에 가둬 놓고 키우게."

쇼타는 내 말에 키득키득 웃었다. 그러더니 자신의 엄지손가락을 내 손바닥에 대고 꾹꾹 누르기 시작했다. 쇼타가 내 손안에 갇혀 그런 장난을 치고 있다는 건 오직 우리 둘만 아는 비밀이었다. 쇼타는 상냥하고 친절한 아이지만 아무하고나 비밀을 만들지는 않을 것 같아. 그렇게 생각하자 목구멍이 꽉 차오르

김지완

는 것처럼 좋았다.

둘만 아는 비밀을 아주아주 많이 만들 수도 있을까? 우리가 앞으로 친해진다면, 많이 가까워진다면, 예를 들어 "사랑해."나 "다이스키."라는 말을 주고받는 사이가 된다면, 우리의 비밀은 얼마나 늘어날까?

"쉬는 시간 몇 분 남았지?"

쇼타가 물었다. 나는 번뜩 현실로 돌아왔다. 핸드폰으로 시간을 확인했다.

"3분."

쉬는 시간이 끝나 가고 있었다. 반으로 돌아가기 위해 복도를 내달리는 아이들의 시끄러운 소리가 현실 감각을 깨웠다.

"이제 가자."

쇼타는 미련 없이 일어났다. 쉬는 시간이 이렇게 짧았나. 아쉬운 마음을 삼키며 옥상 계단을 내려왔다.

교실로 가면 나만 아는 쇼타의 모습이 마법처럼 사라졌다. 언제나 그랬듯 칠판 근처에서 아이들에게 둘러싸인 인기쟁이 쇼타만 있을 뿐이었다. 서로돌봄 기간 내내 나는 쇼타를 귀찮게 하는 애들을 미워했다. 미워하는 동안은 내가 그 아이들과 다른 존재라고 생각할 수 있었다.

모든 이벤트가 끝나고 우리가 쓴 돌봄 일지를 찬찬히 읽은 담임 선생님은 말했다. 돌봄이라는 행위는 섬세하게 상대를 살피고 그의 요구를 귀 기울여 듣는 것이라고, 그렇기 때문에 상대를 존중하는 게 첫 번째라고. 아직 누군가를 돌보는 일이 어색할 우리가 이 개념과 미리 친해지는 것이 이 프로젝트의 목표였다고 했다. 선생님이 원했던 크고 아름다운 의미에 우리가 얼마만큼 다가갔을까? 당장은 알 수 없었다.

돌봄 일지에는 "내가 정의하는 서로돌봄이란 무엇인가요?"라는 질문이 있었다. 쇼타와 함께하는 한 달 동안 나는 그 질문을 성실하게 곱씹었다. 마지막 날 네모 칸 안에 답을 적어 냈다. 서로에게 특별해지는 것. 서로에게 유일한 하나가 되어 좋은 걸 주고받는 것. 서로에게만 허용하는 특수한 행위와 마음이 있는 것. 답변을 정리하고 나니 그건 사랑이라고 불러도 좋을 것 같았다.

서로돌봄 마지막 날 우리는 분리수거를 함께 했다.

"이것도 이제 끝이야."

쇼타가 플라스틱병과 캔을 구분하면서 중얼거렸다. 아이들이 버린 음료수 캔에는 음료가 남아 있을 때가 많았다. 그때마다 우리는 낭패를 보았다. 정체 모를 액체가 쏟아지거나 엎어지지 않도록 조심조심 쓰레기를 분류하는 작업이 끝이라 후련하다는 의미인 것 같았다. 하지만 끝이라는 말을 쇼타의 입으로 들으니 마음이 덜컥 내려앉았다. 쇼타가 그 단어를 입에 올리는 게 참

김지완

을 수 없이 섭섭했다.

보글보글. 못된 생각. 으응, 희원이도 할 수 있어. 그때 마음이 시키는 대로 하면 돼.

무언가 몸에서 확 끓어올랐다 순식간에 바깥으로 흘러넘치는 느낌이 들었다. 나는 수그린 그 애의 등 가까이 다가가 차분하게 말했다.

"쇼타."

"으응."

"잠깐 눈 감아 볼래?"

몸을 일으킨 쇼타는 이유도 묻지 않고 얌전히 눈을 감았다. 나는 쇼타에게 그대로 다가가 입을 맞췄다. 몇 초가 한 세기처럼 흐르는 것 같았다. 나는 서서히 입술을 떼고 한 발자국 뒷걸음질 쳤다.

"……"

"아니야."

"응?"

"계속해 보자."

쇼타가 말했다. 마치 실험을 조금만 더 해 보자고, 곧 멋진 결과가 나올지 모른다고 동료 과학자를 다독이는 것 같은 말투였다.

이번에는 쇼타가 내게 한 발짝 다가와 양어깨를 잡았다. 우리

마녀의맛, 러브호르몬

는 얼마간 입술을 맞대었다. 쇼타는 가을볕에 바싹 말린 수건처럼 딱딱하게 굳어 있었다. 숨소리조차 들리지 않았다. 쇼타의 온몸이 말해 주고 있었다. 이것이 쇼타의 처음이라는 걸.

쇼타의 입술은 내가 기대한 것만큼 부드럽지 않았다. 오히려 약간 까슬까슬했다. 고양이 혀가 그렇게 까슬까슬하다고 하던데, 만져 본 적은 없지만 아마 이런 감촉이겠지? 나는 어릴 적 보았던 고전 동화처럼 나와의 응응 후에 쇼타가 고양이로 펑 변해 버리지는 않을지 걱정스러웠다.

$$* * *$$

"장난기 어린 천사. 어린아이의 심성을 닮은 몇몇 천사들은 장난을 아주 좋아합니다. 그들은 때때로 큐피드의 화살을 마음대로 쏘거나, 멋대로 부러트려 강가에 버립니다. 가끔 화살을 작살처럼 사용해 물고기를 잡기도 합니다. 이 카드가 연애 점사에 나왔다면 상대는 어느 날 갑자기 운명처럼 나에게 다가와 빠르게 가까워졌을 확률이 높습니다. 상대와 깊어지고 싶다면 상대의 면면을 차분히 살펴세요. 상대방과 나의 속도를 맞추는 연습이 필요합니다."

유자가 카드 내용을 해석해 주었다. 이제 내가 쇼타에 대한 이야기를 들려줄 차례였다.

"쇼타는 일본에서 살다 왔어."

나는 쇼타가 다른 아이들에게 얼마나 친절한지, 일본어를 할 때면 쇼타의 목소리가 얼마나 미묘하게 달라지는지 그런 말들을 의미 없이 마구 늘어놓았다. 이야기가 길어지자 유자는 눈에 띄게 지루해했다.

유자가 재밌어할 만한 사건은 말해 주지 않았다. 쇼타의 오야유비가 내 손바닥 안에 잡힌 일, 우리가 재활용 쓰레기장에서 응응을 한 일. 그건 내 텃밭에서 현재진행형으로 자라고 있는 비밀이었다. 쇼타를 닮은 그 비밀은 너무 예민하고 축축해서 바깥바람과 빛을 쬐어 주면 곧장 상해 버릴지 모른다.

"그래서, 서로돌봄 파트너는 이제 끝난 거야?"

내 멋대로 자르고 붙인 이야기를 들은 유자가 물었다. 고개를 끄덕였다. 서로돌봄이 끝난 아이들은 두 갈래로 나뉘는 듯했다. 연애로 발전하거나, 언제 친했냐는 듯 데면데면한 사이로 돌아가거나. 소라는 서로돌봄 기간 중에 황연우와 헤어졌다. 요즘은 성민호와 도서관을 함께 다니는 것 같았다. 나와 쇼타의 관계는 어떻게 되는 걸까. 확실한 건 뽁뽁이와 머리카락의 교환은 이제 끝이 났다는 거다.

"왜? 걔가 이제 뽁뽁이 안 가져다줘도 된대? 선생님이 시킨 거 끝나자마자 원래대로 돌아가는 거야? 참 쿨하네, 나 같으면

없는 정도 생기겠구먼."

유자가 중얼거렸다. 나도 유자 생각에 동의하는 바다.

"그냥 자연스럽게 끝난 것 같아. 같이 옥상 계단 갈 일도 없고 쓰레기장 갈 일도 없으니까."

유자는 내가 딱하다는 표정을 지었다. 그러더니 바지 주머니에서 딸기우유 색 틴트를 꺼내 내밀었다. 오늘 유자의 콘셉트는 산타클로스인가.

"너 해. 열무가 선물해 준 건데 너 줄게."

"틴트? 왜?"

"이 틴트에는 러브 호르몬을 증폭시키는 마법술이 있거든. 시각과 후각을 자극해서 옥시토신이 평소보다 빠르고 강렬하게 분비되는 거지. 기회 봐서 잘 써 봐. 걔가 먼저 너한테 입 맞추고 싶어서 안달할지 모른다."

유자가 진짜 마녀처럼 낄낄 웃었다.

바보, 이미 했거든.

나도 속으로 마녀처럼 낄낄 웃었다.

지금 유자는 조카에 대해 아무것도 모르는 평범한 이모처럼 보인다. 원래 '평범'은 유자와 가장 동떨어진 단어다. 나는 유자가 준 틴트를 교복 치마 호주머니에 집어넣었다. 러브 호르몬 증폭술. 올겨울 나에게 꼭 필요한 마법이다.

"이제 카드 점에서 나온 최종 결과를 말할 차례야. 누가 네 진짜 첫사랑이고, 누가 가장 연인이 될 확률이 높은지 알려 줄게."

유자가 카드를 더미 안에 넣으며 산뜻하게 말했다. 결론이 도출된 모양이었다. 나는 카드 점을 보기 전에 뺏어 둔 유자의 핸드폰을 도로 돌려주었다.

"됐어."

"됐다고? 왜?"

유자는 어리둥절한 표정을 지었다.

"이제 상관없을 것 같거든."

유자에게 말을 하다 보니 정말로 상관없어졌다. 계절이 바뀌듯 마음이 바뀌는 것도. 그럴 때마다 내 마음 안에 독버섯이 새롭게 피어나는 것도 그대로 인정하고 나니 진짜 첫사랑을 가리는 게 무의미했다. 소라는 변하지 않을 내 첫 키스의 상대였다. 최정민은 최초로 손을 잡은 남자애였다. 쇼타는 내가 바라는 사랑의 모양을 처음으로 알게 해 준 사람이었다. 그 모든 게 생생한 진짜였다.

이제 슬슬 일어나야 할 때라는 걸 알았다. 겨울에 또 올게. 유자에게 말했다. 의자에서 몸을 일으키기 전, 눈앞에 놓인 식은 밀크티 한 모금을 홀짝였다. 밀크티의 달고 쓴 맛이 부드럽게 감돌았다. 보글보글. 마음 안에서 새롭게 예열되는 생각들을 느낄 수 있었다.

"유자, 나 말이야. 이제 진짜로 마녀가 된 것 같아."

마녀의 맛, 러브호르몬

뜻 모를 말에도 유자는 기쁘다는 듯 활짝 웃었다. 언젠가 유자가 나에게 귓속말로 속삭인 적 있다. 네 엄마는 나에 대해 아무것도 모르지. 그렇게 말하는 유자의 목소리가 왜 그리도 상쾌했는지 또 동시에 서늘했는지, 나는 이제 알 것 같다. 가게 문을 가볍게 열고 빠져나간다.

김지완

고양이의 방울
황보나

황
보
나

『네임 스티커』로 제14회 문학동네청
소년문학상 대상을 수상했다. 연작소
설 『일곱 개의 초록』을 썼고, 청소년
앤솔러지 『너의 오른발은 어디로 가
니』에 참여했다.

학기 초에 벌어진 일이다. 아직 반 아이들 이름도 제대로 알지 못하고 있던 와중에,

"이거 네 거라던데?"

하고 J가 느릿한 투로 말을 붙여 왔다. 약간 붉은 기가 감도는 J의 손에 들린 것은 봉제 필통이었다.

"어? 어."

지퍼 라인을 따라 자잘한 고양잇과 동물의 발자국이 그려진 필통은 내 것이 맞았다. 새로 문을 연 팬시점에서 뽑기 이벤트로 받은 경품이었는데, 귀여운 척하는 건 좀 별로인지라 내 돈 주고는 사지 않을 디자인이었다.

"어디서 떨어뜨렸나 봐."

내가 할 법한 말을 J가 했다.

"어, 그런가 봐."

J가 내민 필통을 내가 잡았으나, J는 필통을 쥔 손에 힘을 더 줄 뿐 순순히 내어 주지 않았다. 나는 J의 의중을 파악하기 위해 얼굴을 똑바로 쳐다봤다.

"뭐 까먹은 거 없어?"

J가 물었다.

"까먹은 거? ······아, 고마워."

다시 돌이켜 봐도 딱딱하기 그지없는 나의 감사 인사에 J는 앞니를 살짝 드러내며 그럼 그렇지, 하는 느낌으로 방긋 웃었다. 그렇게 나는 J에게 반해 버렸다. J의 이름도 몰랐던 때에 일어난 일이다.

시간이 흐르면서 어쩌면 J도 나를 좋아하고 있을지 모른다는 생각이 들기 시작했다. 아무 이유 없이 여러 번 눈이 마주쳤기 때문이다. 마침 나도 J를 쳐다봤기 때문에 시선이 얽힌 것이겠지만······. 황무지인 줄 알았던 내 마음의 숲에 J가 자라고 있는 것처럼 J의 마음에도 내가 자라고 있는 걸까.

우리 학교에는 과자로 생일을 축하하는 문화랄까, 유행이랄까, 싶은 전통이 있다. 여간 싫어하지 않는 이상 풍선껌 하나라도 챙겨 주는 게 일반적이었다. 무심코 혹은 잔뜩 생색을 내며 생일 축하한다는 말과 함께 책상 위에 먹을 것을 두고 가는 것이다.

J의 생일이 오기 얼마 전부터 나는 J에게 어떤 선물을 주는 게 좋을지 심각하게 고민했다. 두 가지 중 하나였다. 아무것도 건네주지 않거나, 쉽게 구하기 어려운 디저트를 선물하거나. 내 마음을 들키지 않는 선에서 J의 주목을 받고 싶은 복잡한 마음이

었다. 고심 끝에 나는 아무것도 주지 않는 편을 택했다. 좋은 쪽이든 나쁜 쪽이든 J의 관심을 받고 싶었고, 호감의 진짜 반대말은 비호감이 아닌 무관심이라고들 했으니까.

생일을 맞은 J의 책상에 간식들이 하나둘 쌓여 갔다. 내가 더 뒷자리라 어렵지 않게 볼 수 있었다. 먹을 것을 주는 사람이나, 받는 사람이나 모두 즐거워 보였다.

하교 시간이 다가올수록 J가 내 자리를 건너다보는 빈도가 늘어났다. 몰래 J를 관찰하다 J가 내가 있는 뒤쪽을 볼라치면 급하게 시선을 내리까는 것이 반복되었다. 때문에 나는 J의 복사뼈를 외우듯이 보게 되었다. J는 회색 발목 양말 위로 보이는 복사뼈까지도 고혹적이었다. 볼록한 뼈를 둘러싼 미세한 주름과 그 사이를 가로지르는 푸른 핏줄의 도드라짐이 나의 온 신경을 사로잡았다.

J의 고개가 다시 칠판 쪽을 향하는 듯한 느낌이 들면, 나는 눈길을 들어 J의 옆얼굴을 바라보았다. 예술적인 각도로 뒤를 향해 있는 귓바퀴를 훑다 보면, 햇빛을 받은 뺨에서 반짝이는 솜털도 은밀하게 즐길 수 있었다. J가 또 고개를 뒤로 돌렸다. 눈이 마주치기 직전에 나는 다시 얼굴을 떨어뜨렸다.

설마, 내 선물을 기다리고 있는 건가. 이럴 줄 알았으면 뭐라도 준비할걸, 하고 후회했지만 그렇다고 매점에 달려가 그렇고 그런 과자를 사다 주기는 싫었다. 다른 아이들과 똑같은 농도의 관심을 받는 건, 나로서도 사양이었다.

내가 J를 좋아하는 건 나에겐 너무나 당연한 일이었지만, J가 내게 호감을 갖는 건 불가능한 일 같았다. ……아주 만약에라도 쌍방의 호감이 가능하다면, 나에게 기적이란 단어는 이럴 때 쓰라고 만들어진 게 아닐까.

솔직히 말해서 J의 외모가 출중한 편은 아니다. 성격은 좋은 편인가? 모르겠다. 성적이 좋은가? 그건 맞다. J는 전교 3등 안에서 놀았다. 그렇지만 누군가를 좋아한다는 건 외모 때문도, 성격 때문도, 성적 때문도 아니었다. 남의 어깨에 걸린 지퍼 열린 가방처럼 자꾸만 시선이 가고, 마음이 끊임없이 보글거리는 것은, 그저 그냥 운명인 것이다.

7. 다음 중 화자가 처한 상황에 가장 어울리는 속담을 고르시오.

① 모난 돌이 정 맞는다

② 고양이 목에 방울 달기

③ 계란으로 바위 치기

④ 고래 싸움에 새우 등 터진다

⑤ 하룻강아지 범 무서운 줄 모른다

국어 시험의 일곱 번째 객관식 문제였다. 속담으로 이루어진 오지선다 중 보기 ②번을 보자마자 몸 어딘가에 야릇한 긴장감이 돌았다. 익히 알고 있는 쉬운 속담을 대체 왜, 무엇 때문에 잘못 읽었나 모르겠다. 나는 고양이 목에 방울 달기에서 '목'의 받침인 기역을 미음으로 읽었다.

고양이 몸에 방울 달기.

여러 동물 중 J가 닮은 동물을 꼽으라면, 단연 고양이. 얼굴이 그렇다기보다는 멍 때리고 있을 때의 눈빛이나 몸을 움직이는 느낌이 닮았다. 교실 바닥에 떨어진 지우개를 주울 때의 동작이나, 지루한 과목 시간에 천장을 바라보며 목 스트레칭을 하는 모습이 그러했다.

"J 말이야, 고양이 좀 닮지 않았어?"

언젠가 한번 실없는 소리인 양 던져 본 적이 있다. 물론 그 자리에 J는 없었다. 아이들은 J가 강아지면 강아지지, 고양이와는 닮은 점이 하나도 없다고 단언했다. 고양이보다는 곰 쪽 아니야? 하는 말도 나왔다. 나는 내가 J를 잘못 봤다는 생각보다는, 나만 알아챈 J의 모습이 있다는 점에서 비밀스러운 설렘과 뿌듯함을 느꼈다.

국어 시험을 기점으로 상상 지옥에 빠져 버렸다. 어떤 과목의 수업을 듣든 간에, 무엇을 먹든 간에, 어디를 가든 간에, J 같은 고양이, 아니 고양이 같은 J를 생각하고(사실 J를 생각하는 건 늘 하던 일이었다.) 방울을 곁들였다.

달력을 보았다. 다음 주에 작은 글자로 소만이 표기되어 있었다. 사전을 찾아보니 입하와 망종 사이의 절기로, 만물이 점차 생장하여 가득 찬다는 의미였다. 새해에는 연하장을 보내고, 밸런타인데이에는 초콜릿이 오간다. 복날에는 치킨이 잘 팔리고 광복절에는 태극기를 단다. 추석에는 송편을 먹고 성탄절에는 크리스마스카드를 쓴다. 반면 소만에는 별다른 이벤트라 할 만한 게 없다. 사실 소만이라는 게 있는 줄도 모르고 지나가는 이들도 많을 것이다. 나부터도 소만의 뜻을 잘 몰랐으니까. 그래서 소만을 기념한 편지를 J에게 주기로 했다. 나는 여전히 J에게 특별하고 싶었고 소만이라는 절기를 챙겨서 편지를 쓰는 일은 듣도 보도 못 했으니까.

편지지는 부담스러울 것 같아 작은 카드를 주기로 했다. 시중에 파는 카드를 사는 대신 직접 만드는 쪽을 택했다. 검은 도화지를 오려 접은 다음, 안쪽에 하얀색 종이를 덧대었다. 삼색 볼펜을 돌려 가면서 내용을 적는데, 이응을 쓸 때마다 방울이 아른거리고 J의 모습도 함께 상상이 되어 괜스레 입안에 침이 고이곤 했다. 글씨가 휘청이지 않도록 펜을 쥔 손을 다잡으며 최대한 간략히, 소만을 기념해 건강을 잘 챙기라는 메시지를 완성했다.

"이거."

J에게 손바닥 절반 크기의 카드를 내밀었다. 심드렁한 말투와 몸짓을 가장했지만, 실은 머릿속으로 숱하게 시뮬레이션을 돌려 본 장면이었다. 내 입가가 떨렸을까. 알 수 없었다.

"뭔데."

마주 선 J가 희미한 눈웃음을 지으며 묻는 것도, 묻지 않는 것도 아닌 묘한 말투로 말했다. J의 그런 묘함은 언제나 내 마음을 뒤흔들었다.

"그냥."

"그냥?"

내 말을 따라 한 J의 눈썹이 위로 올라갔다가 내려왔다. 아찔한 들썩임이었다.

"심심해서."

대충 둘러댄 것처럼 보이는 내 답은, 사실 일곱 가지 남짓한 후보들 중에 숙고하여 고른 이유였다.

"심심할 때 펴 봐."

서둘러 덧붙였다. J는 대답하지 않았다. 대신 도도하지만 다정한 기질을 가진 고양이처럼 고개를 작게 끄덕였다. 나보다 키가 조금 작은 J가 눈을 깜박일 때마다 보이는 속눈썹의 움직임이 못 견디게 좋았다.

어느 순간에 J는 내가 준 카드를 떠올리고 펼쳐 보게 될까. 그게 언제든 소만 어쩌고 하는 뜬금없는 내용과 엉성한 카드 모양새에 어이가 없다는 듯 피식, 웃어 버리겠지. 눈썹을 움직이며 눈웃음도 같이 짓지 않을까. 똥손인 내가 한 시간이나 걸려 만든 카드이지만, 그로 인해 J가 0.1초라도 미소를 지을 수 있다면,

나는 그걸로 족했다.

소만 기념 카드를 준 것을 계기로 J와의 관계에 어떠한 변화가 생기지는 않을까, 하는 기대를 품지 않은 것은 아니었지만, 아무 일도 없었다. 섭섭하면서도 마음이 놓였다. 행여나 좋지 않은 변화라면, 차라리 안 일어나느니만 못하니까.

학원 수업을 마치고 나오는데 J가 서 있어서 흠칫 놀랐다. 내가 알기로 J는 이 학원에 다니지 않았다. J가 다니는 학원은 반대 방향이었다. J에게 웬일이냐고 묻지 않은 것은, 내가 J에 대해 너무 많은 것을 알고 있다는 것을 들킬까 봐서였다.

"오늘 바빠?"

J가 나를 보며 말을 붙여서 안 그래도 놀란 가슴이 더 쿵덕거렸다.

"왜?"

속내를 감추느라 퉁명스러운 반응을 하고 말았다.

"배고파서."

J는 아이스크림을 먹으러 가자고 말했다.

"아이스크림으로 배가 차겠어?"

그러려고 그런 건 아닌데 또 시비를 거는 투로 말이 나왔다. 다행히 J는 그다지 신경 쓰지 않는 듯했다.

"뭐든 많이 먹으면 배는 부르겠지."

"어디 갈 건데? 편의점?"

"아니, 저기. 내가 살게."

J가 가리킨 곳은 길 건너에 있는 아이스크림 전문점이었다.

"네가 왜 사? 나도 돈 있어."

"내가 먹자고 했으니까 그러지. 아니면 네가 살래?"

"아니, 그냥 네가 산다고 했으니까 네가 사."

J와 말을 섞다 보니 자꾸만 싱거운 웃음이 새어 나왔고, 대화도 엉뚱한 방향으로 가는 것 같았다.

"넌 평소에 뭐 좋아하는데에?"

키오스크 앞에 선 J가 말끝을 길게 빼며 물었다. 그게 너무 귀여워서 삽시에 얼어 버린 나는 서른 종류가 넘는 아이스크림 중 가장 상단에 있는 사진을 얼결에 짚어 버렸다.

"그거 이번에 새로 나온 맛인데 벌써? 여기 자주 와?"

J의 말에 얼굴이 화르르 달아오르는 것 같았다. 괜히 목소리가 커졌다.

"나 원래 신상 좋아하거든!"

"그래? 맛있을 것 같긴 하네."

J는 여러 가지 맛을 먹고 싶다며, 파인트를 시켜서 같이 먹자고 그랬다.

"마음대로 해. 어차피 네가 사는 거잖아."

결제하는 J를 넋을 놓고 보다가 아차 싶어 자리를 잡아 놓겠다며 허둥지둥 곁을 떠났다. 일부러 J를 등진 쪽의 의자를 골랐다. J와 단둘이서만 아이스크림 가게에 와 있다는 게 좀처럼 믿기지가 않았다.

살며시 뒤를 돌아보니 J는 점원이 스쿱으로 우리 몫의 아이스크림을 퍼 담는 것을 구경하고 있었다. 입을 살짝 벌린 채로 고개를 약간 빼고 집중하는 모습이, 역시나 고양이 같았다.

"먹자."

초코와 체리, 요거트 맛을 골고루 퍼먹었다. J는 배가 정말로 고팠는지 빠르게 스푼을 놀렸다. 나도 바쁘게 입과 손을 움직였지만, 정면으로 마주 앉은 J가 신경 쓰여 맛이 잘 느껴지지 않았다. 차갑기만 했다.

"아, 나 다이어트해야 하는데."

문득 생각이 났다는 듯 뱉은 J의 말에 웃음이 났다. J의 입술 끝에 묻은 초코를 닦아 주고 싶어 혀끝이 근질거렸다.

"왜 웃어? 나 심각해."

"너 이 아이스크림 칼로리가 얼마인 줄은 알고 살을 빼니 마니 하는 거냐?"

"뭐, 칼로리가 낮진 않겠지."

"잊은 것 같아서 말해 주는 건데, 이거 먹자고 한 거 너다?"

내 말이 웃겼는지 J도 웃었다. J가 길쭉한 손끝으로 장난스럽게 내 앞머리를 튕기듯 헝클이며 말했다.

"알아. 근데 나 오늘 생일이란 말야."

각진 두상이 콤플렉스인 나는 누가 내 머리를 건드리는 걸 극도로 싫어했는데, J의 손길은 아득하게 좋기만 했다. 뜬금없이 내게 닿은 J의 손길에 어떤 반응을 보이는 게 좋을지 몰라, 그냥 아무 일도 없던 척을 하기로 했지만,

"새, 생일? 지난달 아니었어?"

떠듬거리는 말이 나오고 말았다.

"어? 내 생일 모르는 줄 알았더니."

J가 눈썹 사이를 모으며 말했다. 아무것도 챙겨 주지 않은 나를 타박하는 걸로는 들리지 않아 가슴이 더 지랄맞게 뚝딱거렸다.

"뭐래. 오늘이 생일이라며."

"오늘 생일 맞아. 음력 생일. 우리 집은 음력으로 따지거든. 오늘이 진짜 생일인 셈이지."

"……근데 너희 집은 왜 음력으로 생일을 따져? 헷갈리지 않아?"

"나도 처음에는 그게 좀 불만이긴 했어. 음력 생일을 챙기는 게 은근히 번거롭더라고. 그런데 그러다 보니까 진짜 챙겨 줄 마음이 있는 사람들끼리만 생일을 기념할 수 있는 게 좋기도 한 것 같아. 의무감으로 챙기는 건 괜히 귀찮기만 하고 말야."

나는 약간 어리둥절한 기분이 들었지만, 이제부터 나도 J처럼

고양이의 방울

음력 날짜를 헤아리기로 결심했다.

"좋다."

J가 나직하게 읊조렸다.

"뭐가 좋은데?"

"내 생일이니까 오늘만큼은 나를 행복하게 해 주고 싶었거든."

내가 눈을 끔뻑거리자, J는 그런 연유로 나를 불렀고 먹고 싶은 아이스크림을 먹었다고 덧붙였다. 지금 이게 무슨 상황인 거지. 나는 스푼을 테이블에 떨어뜨렸다.

"왜 그래?"

"아니. 다시 말해 봐."

"어?"

"아까 한 말 다시 해 보라고."

"내 생일이라서 나를 행복하게 해 주고 싶다고. 그래서 너랑 이렇게 아이스크림을 먹는 거라고."

체리 맛 아이스크림으로 안색이 변한 J는, 나와 함께하는 생일이라 행복하다고 고백하고 있었다. 나는 혼미해지려는 정신을 부여잡으며 J의 말을 대수롭지 않게 넘기는 척했다.

"여기 생일 초 같은 건 안 파나? 그거라도 살 걸 그랬나?"

주변을 두리번거리며 말하자, 웃음을 머금은 J가 손을 저었다.

"됐어. 그런 거 안 해도."

그런 거 안 해도 나랑 둘이 있는 것만으로도 행복하다는 그런 말을 하면 어쩌자는 거야. 너무 좋아서 갑자기 내가 혼절해 버리면 진짜 어떡하려고.

나는 나를 진정시키기 위해 스푼을 다시 들고 아이스크림을 먹었다. 머리가 띵해지는 게 차디찬 아이스크림 때문인지 J 때문인지 갈피를 잡을 수 없었다.

파인트 통을 싹싹 비운 우리는 거리를 좀 걷기로 했다.

"조심해, 뒤에 차 오잖아!"

내 왼쪽에서 걷던 J가 다급히 나를 잡아끌었는데, 돌아보니 택시 한 대가 멀찍이서 천천히 다가오고 있었다. 별로 조심할 것도 없는 상황이었지만, 진심으로 걱정하는 J의 표정을 보자 아이스크림이 얹힌 것처럼 명치가 뭉클 아파 왔다. 기분이 좋아지는 통증이었다.

J와 헤어지고 집에 온 나는 망연히 소파에 누워 있다가 그렇게 있을 거면 샤워라도 하라는 잔소리에 떠밀려 화장실로 들어갔다. 괜히 헛물켜지 말자, 라고 되뇌다가 정신줄을 놓은 사람처럼 김 서린 거울에까지 헛물이라는 단어를 쓰고 있었다.

그냥 음력 생일일 뿐이고, 아이스크림일 뿐이라고, 얄랑이는 내 마음을 다독이려 애썼다. 그렇지만 행복은? J는 행복이라고 말했다. 그건 아무한테나, 아무 상황에나 갖다 붙이는 단어가 아니었다. 좋아하는 사람에게나 겨우 걸칠 수 있는 단어였다.

나를 좋아하려나. 정말 그러려나.

화장실 문 너머에서 샤워를 왜 그렇게 오래 하냐는 고함이 들려왔다. 이제 겨우 머리만 감았을 뿐인데. 겨드랑이와 팔뚝 냄새를 맡아 봤다. 치킨 기름 냄새가 심하지 않은 것 같아 비누질은 생략한 채 물로만 몸을 헹구고 샤워를 끝냈다. 저녁을 먹는 둥 마는 둥 하고 방으로 들어왔다. 이불 안에 웅크리고 엎드려 몸의 온기가 어디로도 빠져나가지 않게 한 채로, 나를 좋아하려나, 정말 그러려나, 하는 생각을 실컷 음미했다.

그러다 마음 깊숙한 곳에 묻어 두었던 기억을 끄집어냈다. 떠올리는 것만으로도 닳고 해질까 싶어 잘 꺼내 보지 않았던 장면이었다. 아주 어릴 때는 우리 집이 치킨 가게를 한다는 것이 큰 자랑이었지만, 언젠가부터 좀 부끄러워졌다. 기름 냄새 때문이었다.

"너 향수 써?"

체육 시간 전이었나, 후였나, J가 느닷없이 물었다.

"아니. 안 써."

다소 위축된 마음으로 내가 이어 물었다.

"왜? 나 냄새나?"

"응. 좋은 냄새."

나는 냄새라는 단어에만 꽂혀서,

"아씨, 치킨 냄새일걸."

하고 성급하게 우물거렸다.

"어?"

"우리 집 치킨집 하거든. 근데 너 치킨 좋아하나 보네. 치킨 냄새 좋아하는 걸 보니."

당황한 나는 말이 많아졌다.

"나 치킨 안 좋아하는데?"

"그럼 왜?"

"무슨 왜야. 너한테서 좋은 냄새 난다니까."

J가 말한 직후, 반 아이들이 우르르 몰려와서 우리의 대화는 흐지부지되고 말았었다.

눈을 감은 나는 여전히 이불 안에서 팔꿈치를 괴어 누운 채로 나를 진짜 좋아하려나, 진짜 진짜 그러려나, 하는 생각을 더욱더 격렬하게 음미하다가, 그런데 나한테 나는 냄새를 좋아한다는 건 아무래도 좀 야한 느낌 아닌가, 미쳤나 봐, 진짜 단단히 미쳤나 봐, 이런 건 좋아서 미치는 건가, 아니면 미쳐서 좋은 건가, 하며 침대가 삐걱일 정도로 소리 없이 웃어 댔다.

하지만 그 후 J와는 더 가까워지지도, 더 멀어지지도 않았다. 혹시 아이스크림 가게에서 보낸 우리의 시간이 나만의 망상이었나, 하는 의심이 들 정도였다.

 학원 수업을 늘렸더니 앉아 있는 시간이 길어져서 그런가, 먹는 양은 변하지 않았는데 몸이 좀 둔해진 것 같아 운동을 시작했다. 사실 핑계다. J의 마음을 확인하고 싶어 헬스를 끊었다. J의 집 바로 근처였다. 우리 집에서 거기까지 가는 동안 다른 세 개의 헬스장을 지나야 했고 가장 낙후된 시설인 데다가 가격에 메리트가 있는 것도 아니었지만, 그런 건 별로 중요하지 않았다.

 누가 물어보지도 않았는데, 여기저기에다가 헬스를 시작했다며 나불대고 다녔다. 피티는 비싸서 받지 않기로 했고, 헬린이용 유튜브를 보며 따라 할 작정이라는 것까지. J의 귀에 들어가기를 바라는 목적 하나였다. 정작 J의 면전에서는 아무 말도 하지 못했지만.

 부지런히 헬스장을 다녔다. 운동을 열심히 했다기보다는, 행여나 J가 오지는 않을까 살피는 걸 열심히 했다. 나도 남들처럼 멋들어진 운동복을 마련할까 하다가 말았다. 학교에서도 나는 평이하게 다니는 편이었기에 굳이 꾸민 티를 내는 건 어쩐지 겸연쩍었다. 괜히 부자연스럽게 굴지 말자고 생각했다. 무료로 제공되는 물똥색 윗도리와 고무줄 반바지를 입었다. 그러나 나름 세련된 디자인의 손목 보호대는 반드시 끼었고, 머리의 빗질도 빼먹지 않았다.

 사실 나는 J의 운동 취향을 알지 못했다. 헬스보다는 야외 러닝을 더 좋아할지도 몰랐다. 어쩌면 요가나 축구가 취미일 수도 있었다. 나로서는 다짜고짜 미끼를 툭, 던져 놓고는 어서 반응을 보여 봐, 하는 심보였던 것이다.

그래서 나와 같은 물똥색 운동복을 입고 러닝머신 앞에서 주춤거리는 J의 뒷모습을 보았을 때, 나는 얕은 전율을 느꼈다. 수 없이 고대해 온 장면이었기에 더욱더 믿기지가 않았다. 어딘가에서 가마득한 방울 소리마저 들리는 듯했다.

헬스장을 꽝꽝 울리는 음악은 내 스타일이 아니었지만 무선 이어폰을 굳이 끼지 않았다. 혹시라도 누군가(당연히 J)가 내 이름을 부르는데 못 듣는 불상사를 만들고 싶지 않았던 까닭이다. 그럼에도 그런 불상사가 일어나고 말았다.

"어, 안녕?"

나는 J가 거울에 비친 나를 보며 건네는 인사를 한 번에 알아듣지 못했다. 첫 번째 이유는 J의 뒤태에 정신이 빠져 있느라 그랬고, 두 번째는 정신이 빠져 있는 탓에 J가 선 러닝머신 앞이 거울 벽이란 것을 아예 인지하지 못한 것이다. J가 완전히 몸을 돌려 내 눈앞에 팔을 휘젓고 나서야 가까스로 답인사를 할 수 있었다.

"어? 안녕."

"무슨 생각을 하느라 얼이 완전히 빠져 있냐?"

"어, 그러게."

나는 이마를 쓸어내리며 선웃음을 지었다. 무슨 생각은 무슨 생각이겠냐, 네 생각이지, 라는 말은 당연히 하지도 못하고,

"너 근데 여기 다녀?"

하고 물었다.

"응. 너도 여기 다닌다고 들었어. 오늘 날씨 안 좋아서 안 올 줄 알았는데."

"실내에서 하는 건데 날씨랑 무슨 상관이냐."

미세먼지를 핑계로 안 오려고 한 주제에, 내 거짓말에 콧잔등이 간지러웠다.

"나 사실 오늘이 첫날인데 뭐부터 하는 게 좋은지 모르겠어."

J가 머쓱한 표정을 지으며 말했다.

"나도 러닝머신밖에 안 해."

처음에는 유튜브를 보며 여러 기구를 따라 해 보았지만 금방 귀찮아졌다고 솔직하게 말했다. J와 나란히 머신 위로 올라갔다. 난이도가 높지 않은 코스를 선택하고 J도 동일한 걸로 골라 줬다. 우리는 같은 속도로 걷기 시작했다.

"25분 코스인 거야?"

"응."

J는 머신 위에 핸드폰을 가로로 올리고는 개그 프로그램을 보며 뛰듯이 걸었다. 간간이 터지는 J의 키득거림을 곁눈으로 느끼며 걸음을 내디뎠다. 나는 J와 같이 있는 와중에도, 같이 있고

싶다는 열망에 골몰하느라 중심이 자꾸 흔들렸기 때문에 균형을 잃지 않으려고 부단하게 애를 써야만 했다.

학교와 헬스장은 다른 차원의 장소 같았다. 친하게 지내는 무리가 다른 데다가 부러 피하는 것처럼 데면데면 지내는 학교와 달리, 헬스장은 J와 나 오직 우리 둘의 로맨틱한 조우를 위해 만들어진 공간 같다고나 할까.

일주일에 서너 번꼴로 헬스장에 나갔다. 매일 가지 않은 이유는, J도 나를 기다리면 좋겠다고 생각했기 때문이다. 왜 오늘 오지 않느냐는 채근을 받고 싶기도 했다. J 또한 나와 마찬가지로 불규칙적으로 헬스장에 왔다. 운이 좋지 않으면 나흘 내내 보지 못할 때도 있었다.

"어제 왜 안 왔어?"

"바빠서."

"내일은 올 거야?"

"모르겠어. 상황 봐서."

"……"

"너는?"

"나도 내일 봐서."

우리는 서로에게 확답을 주지 않았지만, 헬스장 거울을 통해 두 눈을 마주하게 될 때면 입술을 꾹 다문 채로 환하게 웃었다.

그런 찰나들이 나를 미치게 했다.

J가 이전에는 안 하던 손목 보호대를, 그것도 내 것과 흡사한 색과 디자인으로 차고 왔을 때 나는 J를 울컥 껴안아 버릴 뻔했다. 정수물을 들이켜며 겨우 나 자신을 수습하였지만, 처음부터 반했었다고, 지금도 매 순간 반하고 있는 중이라고, 나도 나를 행복하게 해 주고 싶다고, 그리고 너도 행복하게 해 주고 싶다고, 그러니까 우리 계속 같이 있자는 말을 쏟아 내고 싶은 조급증이 일었다.

물론 J와 나는 어울리지 않을지도 모른다. 겹치는 취향도 별로 없는 것 같고, 성적도 거의 끝과 끝이나 다름없다. 그러나 어울리지 않는 것과 원하는 것은 별개의 문제이지 않을까. 아닌가. 모르겠다. 혹여 사귀게 된다면, 그게 알려진다면 많은 이들의 주목을 시끄럽게 받겠지. 비뚜름한 시선과 듣기에 좋지 않은 말들이 쏟아질 일도 있겠지. 나는 그렇다 치더라도 J가 그런 걸 버틸 수 있을까.

그러거나 말거나 나의 부산한 핑크빛 희망은 바래져 갔다. J가 헬스장에 더는 나오지 않았기 때문이다. 그 연유를 내게 설명해 주길 기다렸지만 J는 별말을 하지 않았다. 그렇다고 내가 먼저 J를 붙들고 말을 꺼낼 수도 없었다. 쪽팔리게 눈물이 튀어나오거나 칭얼대는 말을 늘어놓게 될까 봐 겁이 났다. 그저 오늘은 J가 오지 않을까, 싶어 헬스장에 매일같이 출석 도장을 찍었고,

황보나

끝내 마주치지 못하고 시들마른 감정에 한껏 젖은 채로 집에 돌아가기를 되풀이했다.

"어?"

러닝머신 위에서 공허한 시간을 대강 죽이고 헬스장 건물을 나서는데 J와 마주쳤다. 그간 J도 계속 헬스장에 왔는데, 타이밍이 안 맞아서 못 만난 거였나, 하는 생각마저 들었다. 그러기엔 보름이나 못 마주쳤지만.

"운동했어?"

J의 물음에 나는 고개를 주억거렸다.

"열심히 하네."

"너는?"

J는 사물함의 짐을 빼러 왔다고 했다.

"이제 안 다니려고?"

"어."

J의 대답에 나도 이미 등록한 기간까지만 다니고 그만둬야겠다고 생각했다. 아니, 남은 기간을 환불할 수 있다면 그냥 다 환불받아야겠다고 다짐했다. J가 오지 않는다면 내겐 다 무의미했다.

"나 갈게."

내가 먼저 선수를 쳤다. J와 아무 이야기라도 나누고 싶었지만, 그런 일은 일어나지 않을 것만 같은 느낌이 들었기 때문이다. 아니, 실은 J의 입에서 내가 두려워하는 말이 나올까 봐 겁을 먹었기 때문이다. 나는 J가 나를 밀쳐 낼까 봐, 그런 뉘앙스라도 비칠까 봐 두려웠다. 간다는 나의 말에 대답을 않던 J가 노려보듯 나를 쳐다보더니 물었다.

"바빠?"

"왜?"

나는 하나도 바쁘지 않았다.

"사물함 짐 빼는 거 금방 끝나니까 잠깐 기다려 줄 수 있나 하고."

"응."

J는 사정을 밝히지 않았고, 나도 이유를 묻지 않았다. 짐을 금세 챙겨 들고 나온 J는 어쩐지 맥진해 보였다.

우리는 어느 아파트 단지 안의 벤치에 나란히 앉았다. 앉자마자 단지 내 가로등들이 일제히 불을 밝혔다. 아직 어둑해지지 않은 시간이었던 터라 조금 당황한 나는 뜻 없이 주변을 둘러보았는데 J가 내 옆에 아주 가까이 붙어 있어 무척 당황하고 말았다. 앞서 앉은 J의 옆에 내가 바짝 자리를 잡은 건지, 내가 먼저 엉덩이를 붙인 다음 J가 바투 앉은 건지 되짚어 보고 싶었지만, 머릿속은 캄캄하기만 했다.

멀지도 가깝지도 않은 거리에서 한 아이가 무언가를 사 달라고 생떼를 쓰며 울고 있었다. 보호자로 보이는 어른은 난감한 얼굴로 사 줄 수 없다는 입장을 고수했다. 둘은 걸음을 옮기면서도 팽팽한 대치를 계속했고 닿을 듯 앉은 우리는 거울을 보듯이 그 장면을 바라봤다.

"무얼 사 달라는 걸까?"

J가 침묵을 깼다.

"갖고 싶은 거겠지."

"뭐가 저렇게 갖고 싶은 걸까?"

"……고양이 인형?"

즉흥적으로 머릿속에 떠오른 것을 말해 버렸다. J가 나를 쳐다보지 않은 채 말했다.

"있잖아. 갖고 싶은 게 있는데 가지지 못한다면 그래도 그걸 계속 보는 게 나을까, 아니면 가지지 못하니까 차라리 모른 척하고 안 보는 게 나을까?"

"뭐가 그렇게 복잡해?"

"복잡한가? ……갖고 싶지만 가지지 않을 거에 대해서 그래도 계속 보면서 살아가는 게 나은지 아니면 안 보고 살아가는 게 나은지, 그게 그렇게 복잡한 건가?"

"뭐래. 아까는 가지지 못한다고 했다가 지금은 가지지 않는다고 했다가, 뭐야 그게."

"그러게, 그러네."

진지해진 J는 아무튼 갖고 싶은 인형이 진열된 가게 앞을 지나다니는 것을 그만두기로 했다고 말했다. 가게 앞을 지나갈수록 자꾸 그 인형만 보이고, 보이면 가지고 싶고, 그런데 가질 수 없고, 아니 가지지 않을 거고, 어쨌든 그 모든 게 아파서 그만둘 수밖에 없노라고 이어 말했다.

J에게 나는 인형. 이것은 일종의 비유. J는 나를 좋아하고. J는 나를 갖고 싶고. 그러나 J는 달아나려고 하고. 국어 점수가 참혹한 나였지만, J의 마음을 읽어 버렸다.

"그런데?"

그래서 읽히지 않는 척했다. 달아나려 하는 J의 마음에 대하여 내가 어떤 답을 보여 주는 게 맞는지 확신이 서지 않았던 까닭이다.

"그냥 그렇다고."

"……그 인형이 고양이야?"

기왕 멍청한 척하기로 한 거, 한술을 더 떴다.

"어? 뭐 그럴 수도 있고."

J가 어이가 없다는 듯 답했다. 나는 자꾸만 J에게 인형을 제발 가져 달라고 조르고 싶어졌고, 그 말이 불쑥 튀어 나가지 않도록 애먼 말을 늘어놓게 되었다.

"고양이 얘기가 나와서 하는 말인데 나 저번에 국어 시험 볼 때 고양이 목에 방울 달기를 고양이 몸에 방울 달기라고 읽은

적 있다? 웃기지?”

“바보냐? 웃기긴 하네. 근데 고양이 몸이면 목도 해당되는 거 아니야?”

“아니 내가 몸으로 읽을 때는 좀, 몸 안쪽 있지, 약간 이상한 데가 떠올랐단 말이야.”

“변태냐?”

“이게 왜 변태냐?”

“약간 이상한 데가 떠올랐다며.”

“그럼 변태냐?”

“그럼 아니냐?”

“근데 너 고양이 좀 닮은 것 같아.”

아뿔싸, 왜 이런 말이 내 입에서 나왔나 모르겠다. J는 내 말을 듣자마자 얼굴을 들이밀며 바로 반박했다.

“웃겨. 너야말로 완전 고양이 같거든?”

순간 정적이 우리 사이에 찾아왔다. 설마 J도 나와 같은 생각을 하고 있는 걸까.

“아무튼 작별 인사나 하자.”

벤치에서 벌떡 일어선 J가 한쪽 손을 내밀더니 말했다.

“작별 인사?”

“응.”

“왜?”

"너 국어 못하지."

"그 말이 지금 왜 나와. 너야말로 말에 맥락이 없는 걸 보니 국어 못하네."

내 안에는 불분명한 해답과 명징한 슬픔이 도사리고 있었고, 필시 J도 그러했을 것이다. 그런데도 둘 다 얼굴에서 미소를 지우지 못했다. 작별 운운하는 말을 나누는 중임에도 불구하고, 마주한 우리는 그저 서로가 좋았다. 웃음이 절로 새어 나올 만큼.

"됐고, 나 인형 가게 앞을 아예 안 지나다닐 거라고. 그러니까 인사하자고. 작별 인사."

읽히지 않은 척했던 나의 고투가 무색하게 J가 핵심을 짚어 주었고, 그제야 나는 얼굴도 마음도 모두 굳어 버렸다.

"기각할래."

기각이라는 단어가 뉴스에 자주 나와 생각난 김에 써먹었다.

"뭐?"

"기각한다고. 기각합니다. 땅땅땅."

이 와중에 나는 J를 웃기고 싶기도 했다. 다행히 J는 웃음을 참는 듯한 표정을 지었다. 나는 J를 똑바로 쳐다보며 애써 밝게 웃었고 그런 나의 시선을 마주하며 J가 말했다.

"나 장난치는 거 아니거든?"

"나도 장난 아니거든."

다시 침묵이 감돌았다. 무심코 하늘을 쳐다보았다. 동그랗고 하얀 달이 높게 걸려 있었다. 나를 따라 하늘을 올려보던 고양이, 아니 J가 물었다.

"그런데 곤란하지 않겠어?"

"뭐가?"

"고양이 몸에 방울을 달았다가 아무 데서나 방울 소리가 들리면 말이야."

생각해 보지 않은 지점이었다. 무드 없이 똑똑하다는 게 이런 거구나.

"방울을 달아 주는 사람한테만 들리게 만들어진 건 없나?"

"있겠냐? 진짜 바보냐?"

자꾸만 바보냐고 묻는 J의 핀잔에 냅다 큰소리를 쳤다.

"곤란해질 리가 없잖아!"

왜냐고 묻는 것처럼 커다래진 J의 두 눈을 바라보며 덧붙였다.

"네가 가게 앞을 안 지나다닐 거라며. 그러면 방울이고 나발이고, 뭐 되겠냐."

나의 불퉁거림에 J가 한숨을 내쉬었다. 바싹 느껴지는 그 짙은 숨결에 까무러칠 것 같은 내 속도 모르고, J가 말했다.

"집에나 가자."

"이렇게 간다고?"

"생각 좀 해야 할 것 같단 말야."

무슨 생각을 어떻게 한다는 건지 궁금했지만 나도 오기가 생겨 그러자고 했다.

마침내 J의 마음과 나의 마음이 맞닿았지만, 서로의 마음을 확인하고도 진도가 아예 나가지 않을 수 있다는 게, 이렇게도 가능하구나, 하는 쓸쓸함이 더 컸다. 우리는 같이 걷다가, 갈림길에 이르러 서로 손만 살짝 흔들며 헤어졌다. J의 팔 움직임은 고양이 그 자체였다.

어쩌다 보니 시험을 또 치렀고 늘 그렇듯 평균을 밑도는 점수를 받고, 정신을 차려 보니 종업식이 다가와 있었다.

사물함을 정리하고 나가려는데 교실 창밖으로 J가 보였다. 햇볕을 쬐는 듯 철봉 옆에 쭈그리고 앉은 J가 나를 끌어당기는 것처럼 나는 뛰듯이 걸어갔다. J는 짤따란 나무 막대기로 흙바닥을 긁고 있었다.

"빨리도 나온다."

J가 나를 올려다보며 투덜거렸다. 다른 아이들은 탈출하듯 교문을 빠져나간 지 오래였다.

"나 기다렸어?"

얼떨떨하게 내가 묻자,

"당연한 거 아니냐?"

하고 알쏭한 말로 되물어서 기분이 달쏭하게 좋아졌다.

"그동안 내가 생각해 봤는데."

저린 다리를 겨우 펴며 일어선 J가 교복 호주머니에서 주섬주섬 꺼낸 건 작게 접힌 쪽지였다.

"곤란해지지 않는 방법이야."

건네받은 종이를 펼치자 검은색 글씨로 '방울'이라는 두 글자가 또박또박 적혀 있었다.

"씹어 먹어."

J의 명령에 내 혈관 속 피가 조금 더 뜨거워졌다. 방울이라는 글자를 몸 안에 넣는다면 내 안에 방울도 있게 되고, 소리도 나지 않을 테다. 하지만 몸속에 방울이 있다는 사실을 알고 있는 J는 방울 소리를 들을 수 있게 된다.

나는 뒤로 멘 가방을 앞으로 돌린 다음, 손에 잡히는 노트의 뒷면 귀퉁이를 찢었다. 펜을 황급히 찾아 꺼내다가 아차, 싶었다. 금속 클립이 달려 있는 그 볼펜은 J의 것이었기 때문이다. 훔친 건 아니다. J가 떨어뜨린 걸 모르고 있기에 내가 집어 든 후 돌려주지 않고 내 가방에 넣었을 뿐이다. 나는 J에게 들킬세라 그걸 가방 밖으로 꺼내지도 못하고 학기 내내 섬기듯이 갖고 다녔다. 펜 한 자루가 마치 J처럼 여겨져서 귀중하고 애틋했다. 나는 마른침을 간신히 목 너머로 삼켰다. J는 자신의 펜을 알아본 듯했지만, 아무 말도 하지 않았다. 이윽고 우리는 지나치게 뜨거워서 차갑다고밖에 표현할 길이 없는 눈빛을 주고받았다.

나는 쥐고 있던 노트 쪼가리를 철봉 기둥에 댄 다음 재빨리 그림을 그렸다. 동글동글한 방울이었다.

"너도 씹어 먹어."

우리는 주고받은 종이를 어금니로 잘근잘근 으깨듯 씹었다. 서로를 겨누어 보는 검질긴 시선을 한순간도 피하지 않고 입안에서 뭉개진 방울을 목으로 넘겼다. 종이의 생경한 맛은 거북했지만 방울의 맛은 달디 달았다. 어쩐지 용기를 북돋아 주는 것만 같은, 달콤함이었다.

고백의 공식
조우리

조
우
리

『어쨌거나 스무 살은 되고 싶지 않아』
로 비룡소블루픽션상, 『오, 사랑』으로
사계절문학상 대상, 장편동화 『4×4
의 세계』로 창비 '좋은 어린이책' 원고
공모 대상을 받았다. 청소년소설 『모
든 골목의 끝에, 첼시 호텔』 『꿈에서
만나』 『얼토당토않고 불가해한 슬픔
에 관한 1831일의 보고서』 『사과의
사생활』 등을 썼다.

강한이 학교에 도착했을 때 책상 위에는 노란 편지가 얌전히 누워 있었다. 강한은 편지를 집어 들고 주변을 두리번거리다 송서목과 눈이 마주쳤다. 송서목은 씩 웃더니 빠르게 한쪽 눈을 찡긋, 감았다 떴다. 윙크를 한 것이다. 강한은 소스라치게 놀라 황급히 시선을 피했다. 가슴이 쿵쿵거리고 송서목의 윙크가 몹시 신경 쓰였으나 무심한 척하는 태도를 유지하며 편지를 열었다. 명조체로 인쇄된 단정한 글씨가 눈에 들어왔다.

To. 강한
클럽원들의 만장일치로
오늘 자로 강한 님을 스페셜 뚱보 클럽의 회원으로 초대합니다.
아래 적힌 날짜와 장소에 맞춰
모임에 참석해 주시기 바랍니다.
기다리고 있겠습니다.
날짜와 시간: 20XX년 9월 3일 오후 4시
장소: 본교 정문
From. 스뚱클 회장 송서목

강한은 자기도 모르게 송서목을 다시 한번 쳐다봤다. 송서목은 흥미로운 생명체를 탐구하는 눈빛으로 아까부터 쭉 강한을 지켜보고 있었다. 강한은 당혹스러웠다. 스페셜 뚱보 클럽은 뭐고 이 초대장은 뭔지, 자기를 놀리는 건지 아닌지 판단이 잘 서지 않았다.

수업이 시작되고 1교시 내내 노란 초대장을 읽고 또 읽었다. 읽을수록 모든 문장이 새롭게 다가왔다. '만장일치'라는 말에 왠지 기뻤고 '뚱보 클럽'이라는 말에 기분이 좀 상했지만 '스페셜'이란 단어는 호기심을 불러일으켰다. 혼자 고민해 봤자 답이 나오지 않는다는 걸 깨달은 강한은 송서목에게 직접 물어보기로 결심했다. 종이를 작게 찢어 '이 초대장은 뭐야?'라고 쓴 뒤 선생님이 필기를 하기 위해 뒤돌아선 순간 송서목에게 잽싸게 던졌다. 쪽지는 옆 분단 앞자리에 앉은 송서목의 책상 위로 정확히 안착했다. 잠시 후 빠른 답장이 돌아왔다.

'궁금하면 4시 정문 앞으로.'

안 나가 볼 수가 없다, 이건.

강한은 자신의 일상에 언젠가는 새로운 일이 일어나기를 기다려 왔다. 대부분의 영화, 소설, 만화에서 인간은 반드시 인생을 뒤흔들 만한 일을 겪기 마련이고 그런 일들은 항상 가장 평온할 때 일어난다. 15년 동안 강한에겐 놀랄 정도로 아무런 일도 일어나지 않았다. 그 말은 즉 이제 뭔가가 시작될 때가 왔다는 뜻이기도 하다. 그게 이런 요상한 노란 초대장의 형태일지는 예상 못 했지만. 그날 하루는 몹시 길었다. 강한은 하루 종일 수업이 끝나기만을 기다렸다.

아이들이 썰물처럼 빠져나간 오후의 학교는 고요했다. 9월이었지만 아직도 한여름처럼 더웠다. 정문 앞에서 땀을 뻘뻘 흘리며, 무엇인지 알지 못하는 그 무언가를 기다리다 보니 후회가 술래처럼 강한을 따라왔다. 하지만 강한은 호기심뿐 아니라 참을성도 강한 편이었다. 이대로 그냥 집으로 갈 순 없었다.

4시가 되자 송서목과 처음 보는 애들 두 명이 나타났다. 다들 강한처럼 땀을 뻘뻘 흘리고 있었다. 한 명은 교복 남방 단추를 끝까지 채우고 넥타이까지 매고 있어 목이 사라지고 없었다. 이 더운 날씨에 교복 남방이라니, 게다가 넥타이라니. 그 옆에는 몸에 딱 맞게 수선한 교복을 입은 여자애가 있었다. 치마가 짧아 조금만 움직여도 속바지가 보일 것만 같았다. 강한은 그건 더더욱 이해가 가지 않았다. 커다란 몸을 가리려면 포대 자루 같은 교복을 입어도 부족할 판에 수선한 교복이라고? 강한은 날씨와 무관하게 항상 뭔가를 걸쳐야 안정이 되었다. 언제나 필사적으로 몸을 가려야 하기 때문이었다. 땀에 젖은 자신의 후드 집업을 내려다보며 낯선 애에게 당혹감과 경이로움을 동시에 느꼈다.

송서목은 머리에 샤워캡을 쓰고 있었다. 미용실에서 파마할 때 쓰는 비닐 모자였다. 안 그래도 커다란 몸 때문에 눈에 띄는데 샤워캡까지 쓰니 존재감이 엄청났다. 또…… 또라이다. 심지어 단수가 아니고 복수의 또라이들이다. 몸속 어디선가 적색경보가 발령됐다. 강한은 자기도 모르게 몸을 돌려 정문 밖으로 걸어 나갔다.

"야, 강한! 어디 가?"

송서목이 크게 외쳤다.

"학원 시간이 다 돼서……."

"우리 기다린 거 아니야?"

"아닐지도……."

강한은 순식간에 송서목과 두 뚱보들에게 둘러싸였다.

"스뚱클에 들어온 걸 축하해."

넥타이가 말했다.

"들어간다고 한 적 없는데……."

"입회 기념으로 떡볶이 먹으러 가자."

수선 교복이 강한의 팔을 잡아끌며 말했다.

"떡볶이 안 좋아해."

"그럼 더우니까 일단 에어컨 있는 데로 가자."

강한의 웅얼거리는 목소리는 아무도 듣고 있지 않는 듯했다.

강한은 스뚱클 회원들에 의해 반강제적으로 근처 분식집으로 운반되어졌다.

"아악. 너무 맛있어. 안 돼, 입에서 사라지지 마. 안 돼, 씹기 싫어. 입안에서 맛있는 떡볶이가 사라지고 있어! 근데 먹어야 해. 이럴 수가. 강력한 딜레마다!"

송서목은 떡볶이를 먹는 내내 시끄러웠다. 떡볶이 딜레마에 빠진 스뚱클 회원들의 조각난 말들을 종합해 본 결과 스뚱클은 BMI 지수 30 이상만 입회할 수 있으며 '뚱보가 행복한 세상'을 지향한다. 뚱보에게 모욕을 주거나 권리를 침해하는 모든 행동에 단호히 대응하며 회원들은 2주에 한 번 모여 돌아가며 '행복 찾기'를 실행한다. '행복 찾기'는 한 번도 해 보지 못했지만 꼭 해 보고 싶었던 일에 도전해 보는 것. 이제껏 해 온 행복 찾기는 유기견 돌보기, 24시간 게임하기, 한밤중에 운동장에서 춤추기, 플러스 사이즈 모델 도전하기, 회비 모아 미슐랭 식당 가기 등이었다.

"근데 왜 나를 초대한 거야?"

"너는 행복한 뚱보의 기질을 갖고 있으니까."

송서목은 웃지도 않고 대답했다. 행복한 뚱보? 강한은 두 단어가 연결이 잘 되지 않았다. 살이 쪘다는 사실은 항상 강한을 괴롭혀 왔다. 고혈압이나 당뇨에 대한 불안감은 차치하고 맞는 옷이 없어 구매대행을 해야 한다거나 버스나 지하철에서 자리에 앉으면 옆 좌석 승객의 눈치를 받는 일, 밥을 먹을 때마다 듣는 두 종류의 비난(하나는 '뚱보라 많이 먹는다.' 다른 하나는 '저렇게 많이 먹어서 뚱보다.'), 그리고 살이 쪘다는 이유로 아무런 잘못도 하지 않았는데 받는 미움. 15년을 살며 강한에게 박혀 있는 기억은 온통 그런 일들뿐이었다. 스뚱클 애들도 안 겪었을 리가 없다. 하지만 스뚱클 멤버들은 그런 일들을 개의치 않아 하는 듯 보였다.

"그딴 건 기억 안 해. 떡볶이를 먹을 때는 떡볶이만 생각해."

송서목은 자기의 금붕어급 기억력을 자랑하며 으스댔다.

"근데 머리에 그건 왜 쓰고 있는 거야?"

"이거 쓰고 떡볶이 먹으면 엄청 덥고 땀나거든? 다 먹고 딱 벗으면 엄청 시원해. 쾌감 장난 아냐."

강한은 송서목이 너무 이상한 애 같았다. 하지만 그렇게 거침없이 이상할 수 있다는 게 부럽기도 했다. 송서목은 스뚱클을 만들었고 넥타이를 초대했고 넥타이와 의논한 후 수선 교복을 초대했다. 그 뒤 셋의 만장일치로 네 번째 멤버인 강한을 초대한 것이다. 강한은 누군가 자신의 자리를 만들어 준 것이 기뻤다. 다 같이 의논해 함께하고 싶은 다음 멤버를 정하는 방식도 마음에 들었다.

"좋아, 니들이 정 그렇게 원한다면, 나도 가입할게."

심사숙고 끝에 강한은 분식집을 나서며 결연하게 말했다. 하지만 아무도 듣고 있지 않았다. 애들은 다음에 아이스크림을 먹을지 빙수를 먹을지 의논하느라 바빴다. 아무래도 강한의 가입은 떡볶이를 입에 넣은 순간 정해진 일이었던 것 같다.

스뚱클 가입 이후 일상은 크게 바뀌지 않았지만 강한은 멤버 중 유일하게 같은 반인 송서목이 신경 쓰였다. 여자애한테 신경을 써 본 건 초등학교 4학년 이후로 처음이었다. 당시 강한이 좋아한다는 소문이 돌자 그 여자애는 자리에 엎드려 엉엉 울었다. 그 장면 때문에 강한은 다시는 아무도 좋아하지 않을 거라 결심했다. 송서목을 좋아한다는 건 아니지만 의식을 하다 보니 일거수일투족이 눈에 들어왔다.

송서목은 목소리가 크고 장군처럼 호탕하게 웃었다. 공부는 싫어하는 과목과 더 싫어하는 과목으로 나뉘었다. 틀린 답도 엄청 큰 목소리로 발표했고 썰렁한 선생님의 농담에도 어김없이 호응했다. 틈만 나면 셀카를 찍고 패션에 관심이 많았다. 송서목과 한 교실에서 생활한 지 반년이 지났는데 이제야 그 모든 걸 알게 됐다는 사실에 강한은 의아함을 느꼈다. 이제껏 몸속의 어떤 전원을 꺼 놓은 상태로 지내 온 것만 같았다. 강한은 인간, 특히 또래에 대한 관심 버튼이 오랜 시간 꺼져 있었다는 걸 송서목을 통해 알게 되었다. 그런 버튼이 어딘가 있었다는 사실마저도.

모두가 나른하게 집단 수면 상태에 빠진 5교시. 열린 창문으로 모험심이 강한 매미가 날아 들어왔다. 매미는 안착할 장소를 찾아 헤매다 특별히 푹신하고 넓어 보이는 강한의 등에 착지했다. 날개를 가다듬은 매미는 얼마 남지 않은 구애의 시간을 허투루 보내지 않기 위해 큰 소리로 울기 시작했다. 음—맴맴맴맴맴맴미—음—맴맴맴맴맴맴미—스으으으으 츠츠츠츠 휫시옷시옷 스잇시옷 히시시시시시—

교실은 금세 아수라장이 되었다. 강한의 짝은 놀라서 의자에서 굴러떨어졌고 앞뒤에 앉은 애들은 벌떡 일어서 잽싸게 반경 1미터 바깥으로 벗어났다. 강한을 중심으로 유성이 떨어진 것처럼 커다란 공동이 생겼다. 강한은 움직이지도 못하고 얼음이 된 채 등에 붙은 매미의 존재에 압도당하는 중이었다. '지린다'는 표현은 이런 상황에서 파생된 게 틀림없다. 강한은 가까스로 기절할 것 같은 정신을 다잡았지만 이미 눈에선 눈물이 철철 흘러내리고 있었다. 선생님마저도 거대한 매미의 크기에 놀라 어쩔 줄 몰라 하는 와중 송서목이 벌떡 일어나 강한의 책상 앞으로 뚜벅뚜벅 다가왔다.

강한의 등에 보드랍고 말랑하고 따끈한 게 닿았다. 송서목은 한 손으로 매미를 단단히 가둔 후 강한의 등 끝까지 매미를 천천히 몰고 갔다. 강한의 등허리 끝에서 다른 손을 합쳐 매미를 들고 창문으로 걸어갔다. 송서목의 손바닥 안에서 매미는 자신이 처한 상황을 모르는지 더 크게 울어 댔다.

"니 짝은 강한이 아니야. 바보 매미야."

창밖으로 두 손을 쭉 뻗어 매미를 날려 보내고 송서목은 의기양양하게 돌아섰다. 9월의 햇살이 송서목의 머리 뒤에서 황금색으로 빛나며 후광을 만들어 냈다. 강한은 여신이 있다면 저런 모습이 아닐까, 이를테면 용맹한 아테나라든가, 이런 생각을 하다 말고 황급히 고개를 내저었다. 바깥으로 쫓겨난 매미는 창문 근처에 붙어 여전히 우렁차게 울고 있었다. 자진모리장단으로 뛰고 있는 강한의 심장박동이라도 대신하듯이.

"저렇게 끝까지 짝짓기에 최선을 다하는 매미라니. 참으로 기특하다."

송서목은 강한에게 휴지를 갖다주며 다정스레 말했다. 강한은 휴지를 뜯어 눈물 콧물로 엉망이 된 얼굴을 닦았다.

"한이야! 강한! 한이 인나 봐!"

흔들어 깨우는 할머니의 손길에 강한은 눈을 번쩍 떴다.

몸통만 한 매미를 등에 이고 엉엉 우는 꿈을 꿨다. 꿈에서도 송서목은 거대한 매미를 처치해 주었다. 엄청 무거운 매미를 낑낑대며 떼어 낸 뒤 창밖으로 던져 버리고 '니 짝은 강한이 아니야.' 하고 말했다. 현실에서처럼 힘도 세고 용감한 송서목이었다. 하지만 다음 순간 선생님과 아이들은 스르르 꿈 밖으로 빠져나가고 송서목과 강한 단둘만 교실에 남았다. 송서목은 강한에게 다가와 매미처럼 등에 딱 달라붙은 뒤 '강한 짝은 나지.'라고 귓가에 속삭였다. '난 떡볶이를 먹을 땐 떡볶이만 생각해. 너랑 있을 땐 너만 생각할게.' 송서목의 얼굴이 강한의 뺨에 닿았다. 달콤하고 축축한 입김과 함께. 그 느낌이 너무 생생해 강한은 몸을 부르르 떨다 의자에서 벌떡 일어났다. 일어나 보니 침대에서 떨어진 채 엎드려 끙끙대고 있었다. 베개와 이불이 땀으로 축축했다.

송서목이 등에서 매미를 떼어 내 준 이래로 강한은 자꾸 송서목 꿈을 꾸었다. 꿈속에서 송서목은 필요 이상으로 친근하게 스킨십을 했다. 이상하게 강한은 그게 싫지만은 않았다. 깊이를 모를 부드럽고 따뜻한 진흙탕으로 끌려 들어가는 것처럼 유혹과 위험이 뒤섞인 매혹적인 꿈이었다.

"요새 만날 꿈자리가 사나운 게 몸이 허한갑다. 약 한 제 지어 먹자."

영문을 알 리 없는 할머니가 강한의 땀을 닦아 주며 말했다.

"싫어. 한약 안 먹어. 더 살찔 거 아냐."

"복스럽고 보기 좋기만 하구만. 그나저나 더운데 이불은 또 왜 그렇게 꽁꽁 싸매고 있어?"

할머니는 걱정과 푸념 중간쯤의 톤으로 혼자 한참 중얼거리더니 부엌으로 나갔다. 강한은 긴장이 탁 풀려 이불을 던져 버리고 침대로 기어 올라가 대자로 드러누웠다.

강한은 한약도 싫었고 자기 이름도 싫었다. 강한은 1.16킬로그램의 미숙아로 태어난 인큐베이터 베이비였다. 백 일 정도 있는 동안 황달이며 뇌혈관 출혈, 폐 미성숙 문제로 생사의 고락을 몇 번이고 오갔다. 퇴원 후 부모는 그저 건강하게 자라기만을 바라는 염원을 담아 '강한'이라는 이름을 지어 줬고, '잘 먹는 일'만이 오랜 시간 강한의 효도였다. 부모가 맞벌이로 바쁜 동안 함께 사는 할머니는 강한의 끼니와 간식을 챙겼고 철마다 한약을 지어 먹였다. 그 정성의 끝은 걸어 다니는 것보다 굴러다니는 게 빠르겠다는 놀림을 받는 체형으로의 귀결이었다.

강한은 살은 쪘지만 체력은 좋지 않았고 심약했다. 그래서 강한은 자기의 이름이 싫었다. 누군가 그 이름을 부를 때마다 조롱받는 기분까지 들었다. 그렇다고 할머니처럼 '한이야'라고 부르는 건 더 싫었다. 한이는 '하니'와 발음이 비슷해 또 다른 놀림 포인트였기 때문이다.

그러니까 한마디로 강한은 다 싫었다. 본인의 이름, 본인의 체형, 본인의 성격, 본인의 약함, 본인의 열등감. 그 모든 싫은 것들이 매일 용광로처럼 강한의 내부에서 부글부글 끓었다. 순하고 조용한 성격 탓에 아무도 그런 게 거기 있을 거라 생각하지 못했지만. 동시에 강한은 두려웠다. 자신의 용광로를 누군가에게 들키게 될까 봐. 안팎으로 엉망인 자기 자신을 내보이게 될까 봐. 그래서 강한은 되도록 적게 말하고 감정 표현을 하지 않고 눈에 띄지 않으려 노력했다. '단체생활에 협조적이고 타인의 말을 경청함.' 지난 학기 생활기록부에 적힌 이 문장이 학교에서 강한의 모습을 잘 보여 줬지만 강한은 사실 이 문장이 '자기 의견이 없고 무색무취하다.'라고 읽혔다. 그것대로 나쁘지 않지만 씁쓸했다.

그래서 더더욱 강한은 송서목의 존재가 놀라웠다. 강한과 비슷한 체형임에도 어디서나 당당하고 눈에 띄기를 즐긴다. 심지어 '뚱보'라는 사실을 내세워 '스뚱클'까지 만들었다. 뇌의 생각 회로 자체가 강한과 다르게 흐르는 애 같다. 강한은 매일 밤마다 매미와 함께 꿈에 등장하는 송서목의 존재를 어떻게 정의 내려야 하는지 혼란스러웠다.

솔직히 그 꿈 이래로 송서목의 눈을 똑바로 볼 수 없었다. 꿈의 생생함에 강한은 묘한 죄책감을 느꼈다. 송서목을 보면 자동적으로 퐁신하고 부드러웠던 송서목의 감촉과 체온이 떠올랐다. 마치 갓 구운 마시멜로우 같았어, 의식하지 않으려 해도 온몸의 신경세포가 송서목을 향했다. 스뚱클 멤버와 같이 있으면 아이들이 더 쳐다보고 수군거리는 게 너무 신경 쓰이면서도 동시에 송서목과 함께 그 안에 속해 있다는 데에 안도감을 느꼈다. 한마디로 좋으면서 싫었다. 그게 가능한가.

강한은 고개를 갸웃거렸다. 추우면서 덥다거나 자면서 깨어 있다는 것처럼 좋으면서 싫다는 감정은 말이 안 돼 보였다. 그렇지만 정말 그랬다. 강한은 송서목에게서 멀어지고 싶은 동시에 누구보다 더 가까워지고 싶었다.

스뚱클 애들과 어울리며 차차 강한도 송서목의 관종력에 익숙해져 갔다. '수선 교복'과 '넥타이'로 기억했던 두 친구는 갈연정과 최정민이라는 이름으로 휴대폰에 저장됐고 넷은 단톡방에서도 자주 대화를 나누었다. 송서목에 비해 갈연정과 최정민은 눈에 띄는 짓을 즐겨 하진 않았다. 다만 넷은 2주에 한 번씩 '행복 찾기' 미션을 완수했고 그 결과 강한도 두 번의 참여 경력이 생겼다. 갈연정이 제안한 미션은 '식물 안 죽이고 기르기'였고 박정민의 미션은 '제일 미운 사람 장점 찾아 칭찬하기'였다.

첫 번째 미션으로 강한은 '마테우치아 스트루티옵테리스(Matteuccia struthiopteris)'라는 긴 이름의 식물을 기르게 되었고, 두 번째 미션으로 지난 학기 학교에서 실시된 건강검진 날 강한의 몸무게를 모두의 앞에서 크게 말한 애가 평소 급식을 잔반 없이 깔끔하게 잘 먹는다는 것과, 도서관 봉사를 120시간 넘게 한 사실을 알게 됐다. 그 결과로 행복을 찾았는지는 확신할 수 없었지만 강한은 요 근래 학교생활에 처음으로 즐거움을 느끼고 있었다. 옆 분단 앞자리에 앉은 송서목의 존재는 묘하게 안

정감을 주었고 점심시간이나 쉬는 시간에 복도에서 우연히 갈연정과 최정민을 마주칠 때마다 반가웠다. 강한은 수업 시간에 자기도 모르게 송서목의 실없는 농담에 깔깔대고 웃는 자신이 싫지 않았다.

그래서 점심시간 짧은 낮잠을 자다 앞자리 애들이 들으라는 듯 하는 말들, "요새 송서목 강한 존나 나대지 않냐." "둘이 사귀나 봐. 개 잘 어울림." "왜 굳이 뚱뚱한 애들끼리 몰려다녀?" 등등을 들었을 땐 별로 억울하지도 않았다. 늘 그래 왔듯 못 들은 척 가만히 엎드려 있는데 송서목의 목소리가 들렸다.

"무슨 얘기 해? 나랑 강한 얘기면 우리도 껴 줘."

강한이 고개를 들어 앞을 보니 송서목이 개네들의 책상 앞에 의자를 끌어다가 앉는 중이었다.

"하던 얘기 마저 해."

송서목은 해바라기처럼 두 손으로 얼굴을 괴고 뒷담화를 하던 애들의 눈을 빤히 쳐다보며 말했다.

"애 왜 이래, 상태 이상해."

"네 얘기 한 적 없어. 송서목 니 자리로 가."

강한은 송서목을 말려야 하나 데리고 교실 밖으로 나가야 하나 누군가를 불러와야 하나 결정을 내리지 못하고 공벌레처럼 몸을 말고 끙끙대다 송서목이 갑자기 강한의 이름을 부르는 걸 듣고 자리에서 벌떡 일어났다.

"강한, 너도 들었지? 애네 하는 말."

여섯 개의 눈동자가 강한의 얼굴에 꽂히자 강한의 얼굴은 순식간에 새빨갛게 달아올랐다. 강한은 간신히 고개를 끄덕였다.

"거봐. 애도 들었다잖아. 우리가 여기 있는데 투명 인간 취급하고 욕할 거면 그냥 앞에다 대고 하든가 아예 안 들리게 무음으로 하든가 했어야지."

강한은 송서목 옆으로 주춤주춤 다가갔다. 송서목은 개들을 향해 단호하게 말했다.

"사과해."

"무슨 사과?"

"알면서 물어. 사과하면 못 들은 걸로 해 줄게. 강한, 너도 사과받고 싶지?"

강한은 얼결에 다시 고개를 끄덕였다.

"니네가 한 건 언어폭력이야. 사과 안 하면 학폭위에 신고할 거야. 그럼 부모님도 모셔 오고 생기부도 더럽히고 인성도 나락 가는 거야. 현명한 선택 해."

넷은 한참 침묵 속에 있었다. 잠시 후 둘은 짧게 귓속말을 주고받더니 이윽고 사과했다.

"미안."

"나도 미안."

강한은 놀림당하고 조롱당한 적은 많지만 사과를 받아 본 건 처음이었다. 이렇게 정식으로 사과를 받을 수 있을 거라 생각해본 적도 없었다. 진심이 담기든 담기지 않든 사과를 받는다는 행위는 생각보다 위안이 되었다.

송서목은 자리에서 일어나 의자를 제자리에 갖다 두고 강한의 팔을 잡아끌었다. 그 와중에도 송서목의 손이 닿자 강한은 약 3초간 얼음이 되었다.

"핫바 먹으러 가자."

송서목의 손이 온통 땀으로 축축했다. 그제야 강한은 송서목도 긴장했고 힘겨웠다는 걸 알 수 있었다. 이순신 장군님의 난중일기를 읽었을 때처럼 영웅의 인간적 고뇌를 재발견한 기분이었다. 강한은 송서목이 좋아하는 핫바를 세 개 샀다. 물론 두 개가 송서목 거였다.

"새우깡도 사."

"새우깡은 왜?"

"보면 알아."

송서목은 새우깡 반 봉지를 잽싸게 먹어 치우고 남은 새우깡을 봉지째 가루가 되도록 주먹으로 내려쳤다. 그러곤 전자레인지에 따뜻하게 돌린 핫바를 새우깡 봉지 안에 넣고 굴렸다.

"케첩 머스터드 말고 마요네즈."

송서목이 중얼거리며 새우깡 가루를 입힌 핫바 위에 신중하게 마요네즈를 뿌렸다.

"자, 먹어 봐."

강한이 핫바를 받아 들자 송서목은 중세 기사들이 검을 교차하는 것처럼 핫바를 부딪쳤다.

"스뚱클 회장이자 전국 뚱보를 대표해서 용감하게 싸웠다."

"……고마워."

"강한, 우리가 뚱뚱하건 말건 그건 누가 상관할 일이 아니야. 나쁜 말을 들으면 들이받고 싸워야 돼. 안 그럼 상대는 자기가 잘못한 줄도 몰라."

"알았어."

강한은 알았다고, 잘 알았다고 몇 번이나 고개를 끄덕였다. 송서목이 전사처럼 멋지다고 강한은 생각했다. 닮고 싶었다. 게다가 새우깡 가루를 뒤집어쓴 핫바는 이제껏 먹어 본 그 어떤 핫바보다 맛있었다. 부드러운 핫바 위에 아작아작한 새우깡 가루가 마요네즈를 만나 식감과 풍미를 더했다. 송서목은 단순히 먹는 것을 좋아하는 게 아니었다. 최선을 다해 먹는 것을 좋아하는 거였다.

강한은 핫바를 햄스터처럼 우물우물 먹고 있는 송서목을 몰래 훔쳐봤다. 짧고 통통한 손도 입가에 묻은 마요네즈도 헝클어진 머리카락도 사이즈가 맞지 않아 꺾어 신은 신발도 전부 뭐랄까, 너무너무 귀여웠다. 멋진 것과 귀여운 것이 동시에 양립 가능한가. 귀여운 데다 멋지기까지 하면 사실상 끝난 거 아닌가.

강한은 마침내 깨달았다. 지구상에서 이렇게 빛나는 존재는 처음 만나 본다는 걸. 이 빛나는 존재가 원한다면 핫바 백 개라도 영혼을 털어 사 주고 싶었다. 태어나 처음으로 강한은 '안 먹어도 배부르다'는 감각을 경험했다.

그날 이후 강한은 매일매일 송서목에 대해 생각했다. 정확히 말하자면 어떻게 그 마음을 송서목에게 전할 수 있을지 생각했다. 한 교실에서 같이 웃고 스뚱클 활동을 하는 것만으로는 부족했다. 강한은 송서목의 손을 잡아 보고 싶었다. 송서목이 맛있는 걸 먹을 때 자길 생각해 주길 바랐다. 송서목이 슬픈 기분이 들 때 옆에 있어 주고 싶었다. 하지만 그런 생각이 들수록 강한은 자신이 송서목에게 너무 부족하게 느껴졌다. 늘 당당하고 자신감 넘치는, 주변에 친구도 많고 모두에게 사랑받는 송서목에 비해 강한은 목소리도 작고 소심하고 잘하는 것도 없었다. 좋아한다고 말하자마자 뻥 차일 건 명약관화했다. 사랑에 빠지면 자기의 위치를 알게 된다고 했나. 그래서 강한은 변하고 싶었다. 더 나은 사람이 되고 싶었다.

하루는 송서목이 점심시간에 강한의 앞자리에 앉았다. 그러고는 숙제하는 강한의 노트 구석에 작게 낙서를 했다. 엄청 못 그린 그림이었지만 송서목이 그린 그림이었다. 강한은 그 그림을 소중하게 오려 코팅까지 해 지갑에 넣어 두었다. 그 그림을 지니고 있으면 송서목의 한 부분이 강한과 함께 있는 것 같았다. 그러나 며칠 후 강한은 마음이 무너져 내렸다. 복도에서 최정민을 만난 송서목이 헤드록을 걸며 장난치는 것을 보고 만 것이다. 누가 봐도 최정민이 훨씬 송서목과 잘 어울렸다. 최정민이 머리도 더 좋고 성격도 쾌활하고 큐브도 잘 맞춘다.

강한은 창밖으로 코팅된 작은 그림을 날려 보냈다. 엄지손가락만 한 그림은 낙엽처럼 팔랑팔랑 바람을 타고 사라졌다. 강한은 눈물을 참으며 생각했다. 그 미소와 눈빛과 체온은 내 것이 아니다. 지금 마음을 접는 게 나을 것이다.

하지만 바로 다음 쉬는 시간 급식실 재료 수급 문제로 점심 메뉴가 갑작스레 치즈오븐스파게티로 바뀐 걸 알게 된 송서목이 강한을 꼭 껴안고 팔짝팔짝 뛰었다. 강한의 두 손을 잡고 덩실덩실 춤도 추었다. 좋아하지도 않는 애랑 이런 식으로 스킨십을 할 리가.

강한은 1층으로 달려가 교정을 이 잡듯이 뒤졌다. 치즈스파게티도 안 먹고 그림을 찾아다녔다. 점심시간뿐 아니라 모든 쉬는 시간을 희생한 결과 학교가 끝날 무렵 강한은 1층 창틀 옆에 껴 있던 그림을 되찾을 수 있었다. 강한은 세계에서 단 하나뿐인 네잎클로버를 찾은 듯한 경건한 마음으로 그림을 다시 지갑 속에 소중히 보관했다. 하루에 천국과 지옥을 오간다는 게 이런 거구나. 그에 맞춰 널을 뛰느라 강한은 정신이 하나도 없었다. 나은 사람이 되기는 개뿔, 점점 상태가 나빠지고 있었다.

강한은 이런 상황들로 자기도 모르는 사이 한숨을 자주 내쉬고 끙끙댔다. 먹는 양도 줄고 잠도 설쳤다. 그걸 바라보는 할머니의 걱정은 이만저만이 아니었다. 실제론 2킬로그램 남짓이었지만, 할머니 눈에는 20킬로그램은 족히 빠진 듯한 강한의 홀쭉한 뺨과 턱까지 내려온 다크서클만 보였다. 그 좋아하는 삼계죽을 끓여 코앞에 대령해도 고개를 도리도리하는 손주를 보며 할머니는 억장이 무너졌다.

"아이고 아이고 이를 어쩔꼬, 뭔 힘든 일이라도 있는갑네."

그때 허공을 물끄러미 바라보던 강한의 입에서 툭 이런 질문이 튀어나왔다.

"할머니, 사랑이 뭐야?"

질문을 뱉어 놓고 강한은 소스라치게 놀랐다. 끼니를 거르니 헛소리가 막 흘러나오는구나 싶었다. 듣는 할머니도 마찬가지였다. '사랑'이라는 단어가 강한의 입에서 나온 순간 할머니는 생각했다. 이 무슨 옆집 누렁이 전국노래자랑 예선전 치르는 소린가.

할머니는 삼계죽 그릇에서 모락모락 올라오는 김과 손주의 얼굴을 한참 번갈아 바라봤다. 이 질문을 적당히 눙쳐야 하나 진지하게 답변해 줘야 하나 고민하다 할머니는 후자를 택했다. 왜

냐하면 할머니도 그만한 나이에 가슴 뛰는 누군가를 만난 기억이 있기 때문이었다. 그 사람 근처에만 가도 몸이 말을 안 들어 풀썩 주저앉고 싶었던 기억. 눈이 마주치면 웃고 싶은 건지 울고 싶은 건지 알 수 없어 이내 아득해졌던 시야. 그런데도 한 번 마주칠까 싶어 하릴없이 걸었던 좁디좁은 골목길들. 그런 것들이 칠십이 다 되어 가는 지금까지도 생생했다.

할머니는 방으로 들어가 한참을 주섬주섬 물건을 뒤지다 누렇게 변색된 편지 하나를 들고 나왔다. '정금례' 겉면에는 할머니 이름 세 글자가 또박또박 적혀 있었다.

"이게 뭐야? 내가 봐도 돼?"

할머니가 고개를 끄덕였고 강한은 조심스럽게 봉투 안의 종이를 꺼냈다.

금례 씨, 자리를 잡는 대로 데릴러 오겠읍니다.
고생스럽겠지만 조금만 기다려 주길 바랍니다.
아래는 내가 일할 가게 주소입니다. 급한 연락은 일로 부탁드립니다.
서울 特別市 鍾路區 淸雲洞 一六八번지.
박정한 드림

강한은 고개를 갸웃했다. 할아버지 이름은 '박정한'이 아니다. 그렇다면 이 편지는 할머니의 결혼 전 로맨스의 증거물이리라.

"박정한이 누구야?"

"누굴 거 같으냐?"

"······할머니 첫사랑?"

할머니는 빙그레 웃음을 짓더니 편지를 다시 가져갔다.

"근데 왜 박정한 할아버지랑 결혼을 안 하고 강덕구 할아버지랑 결혼을 하게 된 거야?"

"할머니가 재작년부터 열심히 다니는 데 알지?"

"한글학교?"

"거길 왜 다니는 거 같으냐?"

"한글을 읽으려고."

"그치, 우리 강한이 똑똑하네. 쌀로 밥 짓는 얘기도 잘하고."

"뭔 소리야?"

"니 말도 맞는데 더 정확히 하자면······ 이 편지를 읽고 싶었지."

"엥? 언제 받은 편진데?"

"스무 살."

강한은 할머니의 스무 살을 잘 상상하기 어려웠다. 할머니는 늘 할머니였으니까. 그건 둘째 치고 스무 살에 받은 편지를 일흔이 다 되어서야 읽고자 한 마음도 이해가 가지 않았다. 거의 50년을 묵힌 건데?

할머니는 박정한 할아버지에 대해 말해 주었다. 눈동자는 생경한 열기를 띠며 어린아이처럼 반짝였다. 한동네 사는 오빠였다는 것, 열여섯 살 때부터 좋아했고 네 살 차이가 났다는 것, 서로의 마음을 확인했지만 박정한 할아버지는 서울로 떠났다는 것, 편지를 받았지만 까막눈이었던 할머니는 읽을 수 없었다는 것, 어떤 내용이 적혀 있을지 몰라 누구에게도 읽어 달라 할 수 없었다는 것.

"헤어지잔 내용인지 어쩌자는 건지 도무지 알 수가 없었지. 그러다 아부지가 혼인을 서두르셔서 3개월 만에 이웃 동네로 시집을 갔어."

"좋아하는 사람이 있는데 다른 사람이랑 결혼을 했다고?"

"그때는 연애결혼이 흔치가 않았어. 아부지 말을 거역하기도 힘들었고."

"그럼 할머니는 평생 박정한 할아버지를……."

강한은 말을 잇기 어려웠다. 할머니의 마음이 그렇게 오랜 시간 콩밭에 가 있었다면 비록 예전에 돌아가셨지만 강한의 할아버지인 강덕구 할아버지가 불쌍했다.

"그렇진 않아. 니네 할아버지랑 같이 살면서 많은 일을 같이 겪지 않았겠니. 고운정이 드는 것보다 미운정이 드는 게 훨씬 마음이 깊어지는 거란다."

"그럼 할머니는 뒤늦게 그 편지를 읽고 어땠어?"

"기뻤어. 기다려 달라는 말이. 50년 뒤에나 도착했지만."

"안타깝거나 슬프진 않았어?"

"그런 마음도 당연히 있었지. 그래도 헤어지잔 말이 아니어서 기뻤어."

강한은 할머니가 왜 사랑에 대해 물어봤을 때 그 편지를 보여 준 건지 알 듯 말 듯 알쏭달쏭한 기분이었다. 오랜 시간이 지나도 기어이 해독하고 싶은 암호 같은 게 사랑인 걸까.

하지만 할머니에겐 손주에게 빼놓고 하지 않은 이야기가 있었다. 이를테면 그 편지를 전해 주던 박정한 할아버지의 손 같은 것. 농사일을 하던 사람 같지 않게 부드럽던 손. 매끈한 물고기처럼 한 번도 닿아 보지 못했던 그 손으로 할머니의 손바닥에 편지를 쥐여 주고는 한참 동안 놓지 않았다. 아무런 말도 없이 할머니를 그저 바라보던 그 눈길 아래 할머니는 온몸이 하나의 거대한 심장이 된 것 같다고 생각했다. 쿵, 쿵, 쿵, 쿵, 온몸을 관통하며 울리던 당시의 감각을 할머니는 그날 이후 잊은 적이 없었다. 조금만 더 지속되면 영혼이 산산이 박살 날 것 같았던 그 진동과 박자를. 오래된 별처럼 폭발해 버릴 것만 같았던 그 기분을. 그것은 죽을 때까지 할머니에게만 속해 있을 기억이었다.

할머니가 그런 생각을 하고 있을 때 강한은 다른 결론에 이르렀다. 50년 후에 깨닫는 것 말고, 지금 여기서 깨닫고 싶다고. 얼마나 좋아하는지, 얼마나 함께하고 싶은지. 시간이 흐르면 소용이 없다. 깊은 바닷속에 가라앉은 타이타닉 같은 거대한 마음을 추억하는 것 말고, 좋아하는 사람과 작은 보트에 함께 올라타 경쾌하게 물 위를 통통 달리고 싶었다. 자아, 그렇다면.

'고백뿐이다.'

강한은 자신이 내디딜 새로운 스테이지를 바라봤다.

한 번도 열리지 않은 그곳은 새까만 암흑이었다. 어떤 방식으로 도달해야 하는지도 알 수 없었다. 강한은 막막했다. 자신이 연애 사건의 주인공이 되려 하다니. 심지어 CC를 꿈꾸다니. 아무리 작은 스캔들이어도 학교에서 로맨스에 관한 소문은 파급력이 무엇보다 세다. 알려지면 단번에 이야기의 중심이 될 거다.

CC, 스캔들, 중심, 한가운데, 주인공, 고백, 여친, 실연……. 강한의 인생에 영원히 등장하지 않을 것이라 믿었던 단어들이 줄줄이 딸려 왔다. 강한은 자의적, 타의적으로 주변 지향적 인물로 살아왔다. 웹툰이나 애니메이션, 게임 속 최애마저도 메인 캐릭터가 아닌 아무도 좋아하지 않는 단역 캐릭터였다. 강한은 언제나 전체 서사에 전혀 영향을 미치지 않는, 존재감이 희미한 캐릭터를 좋아했다(예컨대 원신의 츄츄족).

강한이나 강한이 좋아하는 캐릭터들이나 거기에 있지만 누구도 신경 쓰지 않는다는 점에서 비슷했다. NPC는 아니지만 주인공은 더더욱 아니다. 그런 강한이, 가만히 있기를 제일 좋아하는 강한이 고백을 한다는 것은 인생이 뒤집어질 만한 사건임에는 틀림없었다. 하지만 그렇기에 더더욱 강한은 자신이 변화하려면 고백이 그 첫걸음이라고 생각했다. 아무리 커다란 사건이 일어나더라도 인간이 자신의 의지로 뛰어들어 개입하지 않는다면 결국 아무런 일도 진행되지 않는다는 것 정도는 알고 있다. 주인공이든 단역이든 그건 모두에게 적용된다.

사실 상황은 그리 나빠 보이지 않았다. 이번 주 내내 급식봉사 당번이었던 송서목은 강한의 식판에 제일 커다란 돈까스를 올려 준다든가 요거트를 하나 더 몰래 건네주며 찡긋 윙크를 했다. 급식을 먹는 동안 송서목을 관찰한 결과 친한 친구들에게 그런 호의를 베풀기는 하지만 윙크는 강한에게만 했다. 하나 더 짚고 넘어가자면 강한이 제일 좋아하는 파인애플을 젓가락에 가득 꽂아 무심한 듯 시크하게 강한의 식판에 툭 올려놓고 가기도 했다.

"맛있었어?"

"어? 어……."

"너 파인애플 좋아해서 내가 꼬치로 만든 거야."

"너 먹지 왜……."

"먹고 힘내라고. 강한 너 요새 기운 없잖아."

'너 때문에 없는 거야.'라는 말을 삼키며 강한은 병 주고 약

 주는 건 역시 사랑인 건가 싶었다.

복도에서 마주친 송서목에게 별생각 없이 지갑의 위치를 알려 준 것 또한 이런 분위기와 무관하지 않았다. 한 주 내내 살짝 간질거리고 설레는 기분이 지속되어 강한은 조금 방심하고 있었다. 선생님 심부름으로 빨리 과학실에 다녀와야 했고 송서목은 급해 보였다.

"강한 나 5천 원만 빌려줘. 점심 거의 못 먹었어."

"좀 있음 종 치는데?"

"그러니까 빨리. 뛰어갔다 올 거야."

"가방 맨 앞에 지갑 있어. 꺼내 가."

신나서 교실로 가는 송서목의 뒷모습을 보며 잠시 웃다가 몇 발자국 더 걸어가고 나서야 강한의 머릿속에 번뜩 떠올랐다. 코팅된 작은 그림이. 강한은 몸을 돌려 교실로 달려갔다.

복도 창문을 통해 지갑을 들고 있는 송서목이 보였다. 송서목을 부르려는 순간 강한은 송서목의 손에 들려 있는 그림을 발견했다. 송서목은 그걸 바라보고 있었다.

'그림이 귀여워서', '나 원래 낙서 모아', '신기한 그림체라서', '이거 니가 그린 거였냐?' 적당히 둘러댈 말을 찾고 있는데 송서목이 그림을 다시 지갑에 넣은 후 5천 원도 꺼내지 않은 채 가방에 집어넣었다. 강한은 송서목 앞에 나설 타이밍을 놓쳤다. 잠시 후 종이 쳤고 강한은 서둘러 다시 과학실로 향했다.

　그냥 작은 그림일 뿐이라고 생각하려 해도 강한은 고백도 해 보지 못하고 자기의 마음을 들켰다는 생각을 지울 수 없었다. 역광이어서 잘 볼 수 없었던 송서목의 표정은 어땠는지, 궁금하면서 두려웠다. 스토커 같다거나 찌질하다고 생각할 수도 있었다. 수업 시간 내내 선생님 목소리가 귀에 들어오지 않았다. 강한은 용기를 내 송서목에게 쪽지를 써서 던졌다.

　'5천 원 왜 안 가져갔어?'

　방금까지만 해도 졸고 있던 송서목은 쪽지를 받자마자 답장을 했다.

　'짝한테 빌렸어.'

　거짓말. 송서목은 짝한테 돈을 안 빌렸다. 그냥 지갑을 가방에 넣고 자기 자리로 돌아갔다. 입맛을 잃은 게 틀림없었다.

　수업이 끝난 후에도 송서목은 강한에게 애매하게 웃어 보이고는 다른 친구들과 하교했다. 송서목답지 않았다. 강한에게 다가와 너 나 좋아하냐고 놀려야 맞는 그림 아닌가.

　그 후로 송서목은 아무 일도 없는 것처럼 강한을 대했다. 강한은 절망의 구렁텅이로 빠져들었다. 고백도 하기 전에 차인 기분이었다. 긴 고민 끝에 강한은 이왕 이렇게 된 거, 늦었을지언정 고백을 할 수밖에 없다는 결론에 도달했다. 사실 그 결론은 이전에 났지만 용기와 결단력이 부족해 실행에 옮길 수 없었다. 하지만 지금 상황에선 고백을 안 하고도 송서목과 애매한 사이

 가 되어 버렸으니 이판사판이다.

강한은 체육대회 날을 디데이로 잡았다. 어수선하고 정신없어 다른 애들이 강한에게 크게 관심 갖지 않을 것 같았다. 또 하나, 스뚱클의 다음 활동을 위해 넷이 모였을 때 송서목이 한 말 때문이기도 했다. 다음 미션은 강한 차례여서 강한은 '할머니의 한글학교에서 봉사하기'를 선택했다. 할머니의 소원이 손주가 한글학교에 놀러 오는 것이었는데 혼자 가기 쑥스러워 한 번도 하지 못했던 걸 스뚱클 애들이랑 하면 좋을 듯했다. 이 의견을 내놓자 송서목은 박수를 짝짝 치며 할머니가 너무 멋지시다고, 나이와 상관없이 뭔가를 포기하지 않는다는 건 정말 멋진 거라고 말했다. 강한은 꼭 자기가 칭찬받은 것처럼 기뻤고 할머니의 멋짐을 알아주는 이라면 차여도 여한이 없을 거란 마음에 도달했다.

체육대회 당일, 강한은 어수선한 교실 끝 창문에 붙어 서 있는 송서목을 발견했다. 똑같은 반티를 입은 수많은 애들 중에서 홀로 외곽선이라도 있는 듯 도드라져 보였다. 송서목은 붕어처럼 입을 크게 벌리고 뻐끔뻐끔거리고 있었다.

"뭐 해?"

"바람을 맛보고 있는 중이야."

"바람에 무슨 맛이 있어?"

"너 몰라? 바람은 맛이 다 달라. 지금 바람은 식빵 맛이야. 약간 탄 식빵 맛."

강한은 송서목을 따라 입을 크게 벌리고 뻐끔거려 봤다. 탄 맛이라는 게 뭔지 어렴풋이 알 것도 같았다. 햇볕에 따뜻하게 데워진 낙엽 무더기의 향이랄까. 강한이 고개를 끄덕이자 송서목이 신나서 말했다.

"나는 이 무렵 바람이 제일 좋아. 그다음으로는 초여름 장마 직전 무렵. 습하고 조금 비릿한데 먼바다 냄새가 섞인 바람."

"그럼 그건 물고기 맛 바람이야?"

"어…… 광어 맛 바람."

송서목은 그렇게 말하고 깔깔 웃었다.

"오늘 점심 햄버거인 거 알지? 근데 하나씩밖에 안 준대. 배고파서 어떡해?"

"너 점심 누구랑 먹기로 했어?"

"안 정했는데? 스뚱클 애들 불러서 같이 먹을까? 매점도 가고."

"그것도 좋은데…… 오늘은 나랑 둘이 먹을래?"

강한의 제안에 송서목의 눈이 동그래졌다.

"너랑 나랑 단둘이?"

"응."

송서목은 몇 번인가 눈을 깜빡이더니 그러자고 했다. 점심시간에 별관 중정에서 만나기로 했다. 학교 제일 안쪽에 있어 조용하고 인적이 드문 장소였다. 누군가 둘이 있는 모습을 보면 놀림 받기 딱 좋은 조건이기도 했지만 강한은 학교에서, 그리고 직접 눈을 보고 고백하고 싶었다. 서툴수록 정공법으로 가야 한다. 그것은 강한이 보아 온 모든 청춘물의 기본 공식이었다. 좀 더 나아가 강한은 고백에도 수학처럼 기대했던 결과가 딱 떨어지는 공식이 있었으면 좋겠다고 생각했다. 진심과 타이밍, 장소, 고백 멘트, 두려움을 변수로 한 함수 공식이 있다면 결과를 예측할 수 있을 텐데. 강한은 자신이 현실도피 중이라는 것을 곧 깨닫고 고개를 좌우로 마구 흔들었다.

베이컨더블치즈버거와 제로 콜라를 손에 든 송서목과 별관 중정에서 마주 앉았을 때 강한은 햄버거를 한 입도 삼킬 수 없을 정도로 긴장했다. 속이 안 좋다는 강한의 말에 송서목은 걱정하는 말투와 그렇지 못한 동작으로 강한의 햄버거까지 잽싸게 해치웠고 콜라 얼음까지 탈탈 털어 마시는 데 10분이 채 걸리지 않았다.

"근데 왜 갑자기 둘이 점심 먹자 그랬어?"

문득 생각난 듯 송서목이 물었다.

"너 혹시 너보다 키 작은 거 싫어해?"

"뭔 소리야, 갑자기?"

"대답해 줘."

"아니, 딱히 그런 건 없는데."

"그럼 혹시 뚱뚱한 거 싫어해?"

"전혀."

"그럼 먹을 거 잘 사 주는 건?"

"완전 좋아하지."

"……지갑에 그림 넣고 다니는 건?"

"어? 강한 너……."

"……있잖아, 괜찮으면 나랑…… 나, 나랑……."

강한은 숨이 턱까지 차올랐다. 사귀자는 말이 도저히 입에서 떨어지지 않았다. 그때 강한의 스마트 워치에서 크게 알람이 울렸다. 고심박수 경고 알림이었다. 강한은 허둥지둥 알람을 끄려고 했지만 당황한 나머지 버튼이 잘 눌리지 않았다. 실수로 응급실 연결 버튼을 눌러 버려 그걸 취소하려고 시계를 풀고 휴대폰을 꺼내고 난리를 쳐야 했다.

스마트 워치가 해결되고 나자 부끄러움이 밀려왔다. 심박수와 함께 치솟던 용기가 전원 버튼처럼 꺼지고 말았다. 당당하게 고백한 후 더 나은 사람으로 송서목의 남자친구가 되고 싶었는데. 누가 이런 한심한 애를 사귀고 싶어 할까.

"아니야. 일어나자."

강한은 힘없이 일어나 자리를 치우기 시작했다. 눈물이 후두

둑 떨어질 것만 같았다.

"왜 말을 하다 말아?"

"미안해, 나 체했나 봐. 몸이 안 좋아."

"니 햄버거는 내가 다 먹었는데."

송서목은 곧 울 것 같은 얼굴을 한 강한을 한참 바라봤다.

"스마트 워치 껐어?"

"응, 시끄러웠지? 미안……."

"미안할 건 없지만 또 시끄러우면 안 되니까."

이렇게 말하고 송서목은 주위를 살핀 후 강한의 팔을 잽싸게 끌어당겨 강한의 뺨에 뽀뽀를 했다. 송서목의 따뜻한 입술이 강한의 볼에 닿는 순간 강한은 자기 옷소매를 꼭 움켜쥐고 눈을 질끈 감았다.

"몰랐는데 나, 잘 우는 남자애 좋아하더라고."

강한이 눈을 떠 보니 싱글벙글 웃고 있는 송서목의 얼굴이 바로 눈앞에 있었다. 강한은 새빨개진 채 고개를 푹 숙였다. 온몸에서 화산 분출이라도 시작한 듯 피가 마그마처럼 끓어올랐다. 몸의 지형이 바뀌고 있었다.

오후 내내 송서목을 흘긋거리다 눈이 마주치면 서로 배시시 웃다 시간이 어떻게 흘렀는지 모르겠다. 체육대회가 끝나고 다 같이 단체 사진을 찍는데 송서목이 강한의 옆으로 왔다. 아무도 모르게 강한은 송서목의 손을 잡았다.

"하나, 둘, 셋, 스마일!"

둘은 손을 꼭 붙잡고 오른쪽 귀퉁이에 서서 사진을 찍었다. 송서목의 손은 따뜻했고 조금 축축했다. 통통하고 부드러운 팔이 강한의 어깨에 닿았다. 머릿속에서는 불꽃축제의 엔딩 장면처럼 폭죽이 연달아 터졌다. 강한은 지금 이 순간이 영원히 기억될 것이란 걸 알 수 있었다. 시간이 아무리 흘러도, 백발 할아버지가 되어도 중3 체육대회 날을 떠올리면 언제 어디서든 이 불꽃들을 다시 볼 것이란 걸.

체육대회가 끝난 주의 토요일, 스뚱클 멤버들은 강한 할머니가 다니는 한글학교로 향했다. 클럽 회비로 과자와 음료, 깍두기공책과 연필도 샀다. 네 멤버들은 조교로 들어가 어르신들의 수업을 도왔다. 수업 내용은 '편지 쓰기'였다.

"편지 쓰고 싶은 상대를 정해서 자유롭게 쓰시면 됩니다. 먼저 깍두기공책에 연습으로 써 보시고 편지지에 옮겨 쓰세요."

강한은 할머니가 자기한테 편지를 쓸지 아빠나 엄마한테 쓸지 궁금했다.

강한의 할머니 곁에는 송서목이 앉아 있었다. 할머니는 송서목이 강한의 여자친구인 줄 모른다. 할머니뿐 아니라 아직 아무도 모른다. 강한은 둘이 사귄다는 사실을 여기저기 공표해 버리면 뭔가 중요한 게 훼손될 것 같아 천천히, 자연스럽게 알리고 싶었다. 송서목도 동의했다. 내가 좋아하는 사람이 나를 좋아하는 건 기적 같은 일이니 단둘이 좀 더 이 기적을 음미하는 것도 특권일 것이다.

한 시간 동안 편지를 쓰고 다 같이 과자와 음료를 먹으며 편지를 발표했다. 어르신들은 친구, 자식, 동생, 선생님, 돌아가신 어머니, 키우는 강아지, 40년 전의 나 등등 다양한 수신인에게 편지를 썼다. 받는 사람과 내용에 따라 재밌기도 하고 슬프기도 해 모두 웃다 울며 발표를 들었다.

강한 할머니가 천천히 편지를 읽기 시작했을 때 송서목이 강한의 옆으로 다가와 앉았다.

박정한 오라버니 귀하.

늦은 답장 합니다.

나를 많이 기다렸나요?

기다려 달라는 내용의 편지였다는 걸 늦게 알았습니다.

우리가 함께 기대어 이야기 나누던 돌담은 다 허물어져 버렸지만

아직도 가끔 마음속에서 그 돌담에 기대어 서 봅니다.

그곳엔 항상 오라버니가 먼저 와 있습니다.

오라버니도 나도 영원히 늙지 않는 열여섯, 스무 살 모습 그대로입니다.

나는 아들 둘, 딸 둘 낳고 잘 살았습니다. 사위 며느리 손주들까지 가족이 모두 열둘입니다.

남편은 좋은 사람이었습니다. 내게 참 잘해 줬습니다.

그래도 요즘 종로에 가면 자꾸 두리번거리게 됩니다.

이제 서로 못 알아볼 수도 있지만

죽기 전 한 번이라도 우연히 마주치는 게 내 작은 소원입니다.

그때까지 부디 안녕하기를 바랍니다.

정금례 드림

"지운 문장이 훨씬 더 많았어."

옆에서 송서목이 강한에게 속삭였다. 강한은 그 지운 문장들이 궁금했지만 묻지 않기로 했다.

수업이 끝나고 밖으로 나오자 비가 내리고 있었다. 할머니는 남은 수업을 듣고 오기로 했고 연정과 정민은 나오자마자 버스가 와서 금세 타고 사라졌다.

둘은 버스를 타지 않고 걸어가기로 했다. 조금이라도 오래 같이 있고 싶었다. 비는 안개처럼 뿌옇고 축축하게 내렸다. 모든 풍경이 꿈결처럼 흐릿하고 경계선이 불분명했다. 강한은 송서목의 손을 잡았다. 손바닥에 자꾸 땀이 나 부끄러웠지만 송서목의 손을 잡고 싶은 마음이 더 컸다. 체육대회에서 단체 사진 찍을 때 이후 처음이었다. 송서목은 아무렇지 않아 보였다. 집 근처에 도착했을 때 빗줄기가 조금 굵어졌다. 잠시 비를 피하기 위해 상가로 들어갔다. 일요일의 학원 상가는 오가는 사람 하나 없이 썰렁했다. 둘은 상가 계단에 잠시 말없이 앉아 있었다.

"안 추워?"

"더워. 온몸이 찐만두 같아. 만두 먹고 싶게."

송서목이 대답하며 자기의 팔을 가리켰다. 습한 곳에 있다 들어와선지 팔에서 아지랑이처럼 더운 김이 올라왔다. 작은 빗방울들이 송서목의 머리카락에서 팔로 톡톡 떨어졌다. 강한은 무심코 손바닥으로 그 빗방울을 문질러 닦아 냈다.

"뭐야, 갑자기? 너도 만두 먹고 싶냐?"

송서목은 장난스러운 말투로 물었지만 얼굴은 새빨개져 있었다. 강한은 자기도 모르게 송서목의 팔을 그대로 잡고 자기 쪽으로 끌어당겼다. 강한과 송서목의 어깨가 닿는 동시에 둘의 입술이 맞닿았다.

그 입맞춤은 마치 바깥에 내리는 비와 같아서 축축하고 부드러웠지만 웬일인지 모든 것의 경계를 불분명하게 만들었다. 꿈인지 현실인지, 나인지 너인지, 시간이 흐르는지 멈췄는지. 넓디넓은 평원에 혼자 남겨진 듯 외롭기도 하고 가득 찬 듯 충만하기도 했다. 강한은 사람의 혀라는 게 반쯤 녹은 아이스크림보다 부드럽고 풍선껌처럼 달콤하다는 사실을 처음 깨달았다. 둘은 오목한 틈에 고인 빗방울처럼 흐르지 않은 채 한참 동안 그곳에 머물러 있었다.

"무슨 생각 해?"

강한이 문득 송서목에게 물었다. 강한과 송서목 모두에게 처음이었던 역사적인 키스가 끝나고 둘이 눈을 마주 보고 풋, 하고 웃다가 다시 두 마리의 새가 부리를 부딪치듯 짧은 입맞춤을 나눈 후였다.

"우리, 할머니 편지 배달해 드리자. 박정한 오라버니 찾기 프로젝트."

송서목은 다음 자기 차례의 '행복 찾기'를 정한 듯했다. 강한은 오래된 약속의 답변을 한 손에 들고 다른 손으로는 송서목의 손을 잡고 있을 자신의 모습을 상상했다. 함께 낯선 골목의 바람을 맛보는 둘의 모습도 떠올랐다. 그 전에 보아 온 어떤 모습보다 근사해 보였다.

"너는 무슨 생각 해? 내 생각?"

송서목의 질문에 강한은 고개를 끄덕였다.

맞다고, 이제부터 사랑에 대한 생각은 모두 너라는 한 방향으로 흐를 거라고. 지나간 사랑이든 다른 누군가의 사랑이든 상관없이 내게 '사랑'은 '서목'과 동음이의어가 되었다고, 강한은 생각했다. 이제 막 시작된 로맨스물의 주인공답게.

키스 루프에
갇혀 버렸다
김경은

김
경
은

청소년 단편소설 「수능 D-3」으로 제 6회 어린이와문학상을 수상했다. 동화 『숙주인간 천승주』, 청소년소설 『빅토피아』 『오늘의 연애 예보가 도착했습니다』를 썼고, 청소년 앤솔러지 『요괴 호러 픽션 쇼』에 참여했다.

처음 그 현수막을 발견한 건, 태배와의 키스 직후였다. 사귄 지 한 달이 다 되어 갈 무렵 맞이한 밸런타인데이에, 태배는 혀를 허겁지겁 움직였다. 나는 전봇대에 묶여 있는 현수막을 올려다보며 이 시간이 어서 끝나기를 기다렸다. 우리 집 바로 앞, 늘 지나치던 골목길 전봇대였다. 매일같이 지나던 길인데, 현수막이 언제부터 저기 걸려 있었는지 기억나지 않았다.

'진정한 키스가 당신을 내일로 데려다줄 거예요♥'

밑도 끝도 없는 현수막 문구가, 오랫동안 그 자리에 있었던 것처럼 당당하게 펄럭였다. 한참 후, 태배가 입가를 닦으며 내게 말했다.

"자기야, 좋았어?"

애써 웃어 보였다.

나는 평화주의자였다. 남들에게 싫은 소리를 하는 것이 제일 싫고, 팽팽한 갈등 한가운데 있는 것이 죽을 만큼 끔찍했다.

"응, 괜찮았어."

최악의 키스였다. 하지만 내일이 오면 괜찮아질 것이었다. 내 인생 좌우명은 '이 또한 지나가리라.' 좋은 일이든 나쁜 일이든,

시간이 지나면 결국 모든 게 해결되지 않나.

하지만 내일은 오지 않았다.

다음 날 아침 나는 빌라의 층계참에서 창밖 현수막을 보고 미간을 찌푸렸다.

'진정한 키스가 당신을 내일로 데려다줄 거예요♥♥'

어느새 글씨가 궁서체로 바뀌었고, 하트가 두 개로 늘어나 있었다. 핸드폰을 확인해 보니 오늘은 여전히 2월 14일이었다. 잠이 덜 깬 걸지도 몰라, 내 뺨을 주욱 잡아당겨 보았다. 얼얼하게 아팠다.

"여기서 뭐 하냐?"

뒤돌아보자, 우진이 계단을 오르고 있었다. 나는 어깨를 으쓱했다.

"너야말로 이 시간에 웬일?"

우진은 옆집에 사는 내 오랜 친구였다. 웬일이냐고 묻긴 했으나 아마 운동을 하고 오는 길일 테다. 우진이 내 옆에 다가와 서자 옅은 땀 냄새에 섞인 바닐라 향이 풍겼다. 나는 애써 고개를 돌리며 다시 현수막에 집중했다.

"뭘 그렇게 봐?"

우진이 내 시선을 따라 창밖을 보았다. 나는 물었다.

"저 하트가 수상해. 너도 보이지?"

우진이 눈을 끔뻑이더니 대답했다.

"⋯⋯아니."

말은 그렇게 했지만, 우진은 한동안 현수막을 빤히 보았다. 나는 마른침을 삼킨 뒤, 조심스럽게 물었다.

"설마 너한테도⋯⋯ 오늘이 2월 14일은 아니겠지?"

우진이 고개를 기울인 채, 내 얼굴에 시선을 고정했다. 순간, 어제 전봇대 앞에서 나눈 키스의 상대가 태배가 아닌, 우진으로 겹쳐 보였다. 나도 모르게 우진의 입술로 시선이 미끄러졌다. 태배보다 입술이 조금 더 도톰했다.

"나 같은 솔로한테도 밸런타인데이는 오거든요."

우진이 보란 듯이 손목에 찬 스마트 워치를 내밀었다. 스마트 워치 화면에서 '2월 14일'이 깜빡이고 있었다. 나는 꽥 소리 지르며, 머리를 쥐어뜯었다.

"와! 진짜 환장하겠네!"

우진이 머리칼을 움켜쥐고 있는 내 손을 잡았다.

"아프게 왜 그래."

나는 고개를 들었다. 살짝 찌푸린 미간 아래, 정색한 우진의 얼굴이 보였다. 나를 진심으로 걱정할 때, 우진은 꼭 정색했다. 내가 장난을 치거나 짜증을 낼 때는 한 번도 그런 적 없었으면서, 내가 스스로를 괴롭힐 때면 얼굴빛을 바꾸고 나를 저지했다. 나는 냅다 우진을 밀치고 두 칸씩 계단을 뛰어 올라갔다. 층

계참에서 우진의 목소리가 뒤통수를 울렸다.

"너 그러다 또 넘어진다!"

현관문을 쾅 닫고, 집 안으로 들어갔다. 우진의 목소리가 머릿속에서 쉼 없이 반복되었다.

'아프게 왜 그래.'

'아프게 왜 그래.'

'아프게 왜 그래.'

"으악! 박우진은 친구다. 박우진은 친구일 뿐이다."

나는 두 손으로 뺨을 툭툭 쳤다. 정신을 똑바로 차려야 했다. 그래야 10년 지기 우정을 지킬 수 있을 테니까.

이후 일어난 모든 일은 어제를 복사해서 붙여넣기 한 것 같았다. 나는 SF 영화라도 보듯 눈앞에서 과거가 리플레이되는 걸 넋 놓고 지켜보았다. 과자로 식사를 때운다고 언니한테 잔소리 들은 일, 오늘의 별자리 운세 행운 아이템이 '아이라이너'라는 걸 확인하고 며칠 전 새로 산 아이라이너를 찾은 일, 화장하다 아이라이너를 부러뜨려 먹은 일, 옷장에서 아직 개시 안 한 언니의 새 니트를 꺼내다 딱 걸려 돼지게 욕먹은 일, 동네 길고양이 급식소에서 물을 갈아 주다가 근처에 숨어 있던 까만 고양이와 눈이 마주친 일, 코끝이 빨개진 채 거리에서 나를 기다리던 태배가 나를 보자마자 싱긋 웃은 일, 마라탕을 먹다 사레가 들려 캑캑거린 일······.

김경은

정신을 차렸을 땐, 어느새 태배가 내 입에서 제 입술을 떼고 있었다. 태배가 입가를 쓱 닦으며 물었다.

"자기야, 좋았어?"

나는 문득 불길한 예감에 사로잡혔다. 만에 하나 내일 아침 눈떴을 때, 또다시 오늘이 반복되고 있다면……. 그럼 나는 또 태배와 키스를 하게 되는 걸까?

"안 돼!"

두 주먹을 불끈 쥐고 발작하듯 소리 질렀다. 태배가 휘둥그레진 눈으로 나를 보았다. 헛기침을 하며 관자놀이를 긁적이는 모습이 난처해 보였다. 내 손바닥에 땀이 찼다. 나는 입고 있는 떡볶이 코트에 연신 손을 문대며 눈을 이리저리 굴렸다.

"자기야, 혹시……."

태배가 입을 열었다.

"나랑 키스하기 싫어?"

순식간에 정적이 감돌았다. 골목길 너머로 들리는 자동차 소음도, 횡단보도 신호음도 아득해졌다.

'뭐지? 이 대사는? 어제는 이런 소리 안 했잖아.'

태배가 입술을 꾹 다문 채, 내 어깨를 잡았다. 나도 모르게 시선을 피하며 물었다.

"갑자기 그게 무슨 소리야?"

"나한테 집중을 안 하는 것 같아서."

태배는 말을 잇지 않았다. 맙소사, 티가 났을 줄이야.

태배가 내 눈을 빤히 바라보았다. 태배의 어깨 뒤로, 우리 집이 보였다. 그 옆집도.

'아프게 왜 그래.'

우진의 목소리가 환청처럼 들려왔다. 나는 고개를 휙 돌려 골목 끝의 고양이 급식소로 시선을 옮겼다. 나무 판때기를 얼기설기 붙여 만든 급식소가 오늘따라 무너질 듯 위태로워 보였다.

'진정한 키스가 당신을 내일로 데려다줄 거예요♥♥♥'

다음 날, 캘린더는 여전히 2월 14일에 머물러 있었다. 내가 꿈한번 거창하게 꾸는 모양이지? 이 꿈은 도대체 언제 끝나는 거야. 나는 지금 이 순간을 꿈이라 믿고 싶었다. 그게 아니면, 도통 말이 안 되잖아. 나는 다시 휴대폰을 열었다. 오늘 날씨도 어제와 마찬가지로 구름 조금, 안개 주의. 게자리 운세도 어제, 아니 엊그제 그대로 '변화의 시작. 한 걸음 내딛기! 행운의 아이템: 아이라이너'였다.

"그만! 그만하라고!"

나는 침대에서 이불을 뒤집어쓴 채 발차기하다, 우뚝 멈췄다. 어쩌면 이건 별자리 운세 때문일지도 몰랐다. 버젓이 게자리 행운의 아이템이 '아이라이너'라고 했는데, 내가 그걸 똑 부러뜨려 이런 불행의 한가운데 갇힌 걸 수도 있었다. 나는 자리를 박차고 일어나, 책상에 널브러져 있는 아이라이너를 손에 들었다. 좋았어. 오늘은 절대 부러뜨리지 않으리!

하지만 아이라이너는 보란 듯이 부러졌다. 동네 화장품 편집숍으로 달려가, 가장 단단해 보이는 신상 아이라이너를 샀다. 변화의 시작. 그건 바로, 맨날 쓰던 브랜드 말고 신상을 의미하는 걸지도 모른다.

나는 인상을 쓰고 눈두덩에 신중히 선을 그었다. 흔들림 없이 내일이 꼭 오길 바라면서. 결과가 제법 마음에 들었다.

"그렇지! 이거야!"

신이 나서 흥얼거리는데, 아이라이너가 그만 손에서 미끄러져 버렸다. 바닥에 떨어진 아이라이너는 벌레 죽은 자국처럼 까맣게 뭉개지고 말았다. 나는 결국 받아들여야 했다. 정해진 운명에서 벗어날 수 없다는 걸.

'그렇다면……'

창밖의 현수막에 적힌 문구가 떠올랐다. 진정한 키스. 그래, 그거였어! 나는 다급히 코트를 꿰어 입고 태배에게 달려갔다.

"자기, 나 많이 보고 싶었구나."

태배의 말이 채 끝나기도 전에 나는 태배의 두 볼을 잡고 키스했다. 내일이 오려면, 결국 키스해야 하는 거였다. 그것도 진정한 키스. 이 상황은 매우 특수한 상황이라고. 그러니까 그 불길한 현수막이 별자리 운세보다 중요한 메시지일 게 분명했다.

이제 나는 키스할 때, 딴생각은 하지 않기로 했다. 태배와 최선을 다해 키스하는 거야!

그런데…….

'진정한 키스가 당신을 내일로 데려다줄 거예요♥♥♥♥'

이래도 아니라고? 그래! 키스라고 꼭 입술에만 해야 한다는 법 있어? 눈, 코, 귀 아주 여기저기 다 해 버려야지. 이 저주에서 벗어날 수 있다면야, 못 할 게 뭐 있겠느냐 말이다.

'진정한 키스가 당신을 내일로 데려다줄 거예요♥♥♥♥♥♥'

그렇게 일주일이 지났다. 나는 여전히 밸런타인데이에 갇혀 있었다. 할 수 있는 건 모두 해 보았다. 그래 봤자 인터넷 검색이 전부였지만, 밤을 새워 나와 비슷한 사례가 있는지 눈이 새빨개질 때까지 뒤지고 또 뒤졌다. 결과는 처참했다.

세수도 안 한 채 옷만 대충 걸치고 동네 작은 공원으로 터벅터벅 걸어갔다. 어릴 때 우진과 모래놀이를 하던 놀이터가 딸린 곳이었다. 이제 모래놀이는 하지 않지만, 머릿속이 복잡해질 때면 공원 벤치에 앉아 생각을 정리하곤 했다. 우진은 이 공원에서 아침저녁으로 러닝을 했다.

누군가 공원으로 가는 길목 편의점 앞에 앉아 아이스크림을 먹고 있었다. 시원한 음료수라도 마실까 하다 그마저도 얹힐 것 같아 곧장 공원으로 갔다. 나는 벤치에 아빠다리를 하고 턱을 손에 쥔 채 생각에 잠겼다. 지난 일주일간, 태배와 할 수 있는 모든 키스는 다 해 보았다. 그렇다면 뭐가 문제일까? 2월 14일에 갇혀 있다는 게, 이렇게 영혼을 갉아먹는 일일 줄이야.

"멍멍!"

지나가던 개가 나를 향해 짖었다. 나는 화들짝 놀라 몸을 움츠렸다. 개의 목줄을 쥔 사람이 가볍게 목례하고 지나갔다. 그 순간, 키스 상대가 틀렸던 건 아닐까 하는 생각이 스쳤다. 나도 저 개처럼 엉뚱한 상대에게 진정한 키스를 보챘던 건 아닐지.

별자리 운세에서 말한 '변화의 시작'은 태배가 아닌, 다른 누군가와의 키스를 의미하는 것일지도 모른다.

—몸살 기운이 심해서 오늘 못 보겠다. ㅠㅠ

그 자리에서 태배에게 메시지를 보냈다. 태배는 오열하는 이모티콘으로 휴대폰 화면을 가득 채웠다.

나는 곧장 집으로 달려가 정신을 차리기 위해 찬물로 세수했다. 최선을 다해 키스하다 보면, 누구 하나쯤은 진정한 키스로 얻어걸리지 않을까? 그렇게 해서라도 오늘을 벗어날 수만 있다면! 나는 입술이 트지 않게 립밤을 단단히 바르고 집을 나섰다.

'진정한 키스가 당신을 내일로 데려다줄 거예요♥♥♥♥♥♥♥♥♥♥♥♥♥♥♥♥♥♥♥'

그로부터 20일, 오늘은 스무 번째 밸런타인데이였다. 처음 얼마간은 아침마다 눈물 바람으로 일어났지만, 이제는 뭐, 놀랍지도 않았다.

뒷골목을 배회하는 길고양이처럼 나는 진정한 키스를 찾아 온 동네를 돌아다녔다. 태배가 신경 쓰여, 헤어지자는 메시지로 아침을 시작하기도 했다. 하지만 그마저도 무슨 소용인가 싶어 그만둔 지 한참이었다. 이렇게까지 했는데 어째서 그대로인 걸까. 시간이 지날수록 이 루프를 영영 탈출하지 못할 것 같다는 두려움이, 여기에 영원히 갇힐지도 모른다는 생각이 집요하게 가슴을 조여 왔다.

"너 또 밥 대신 과자 먹냐? 철딱서니 없는 것!"

언니가 식탁에 앉아 밥을 먹으며 내게 말했다. 나는 거실 소파에 누워 과자 한 봉지를 아그작 씹고 있었다. 고작 세 살 차이밖에 안 나는 주제에, 나보다 한참 어른인 척하는 게 고까웠다. 그런데…… 오늘따라 언니에게 시선이 갔다. 뭐지? 곧 고3인 언니는 지금 스터디카페와 집을 오가느라 바쁠 텐데, 언니의 애교살에 펄이 반짝이고 있었다.

"뭐냐? 여친이라도 만나러 가냐?"

언니는 나물 반찬을 입에 넣으며 빙긋 웃었다. 눈썹을 씰룩거리는 걸 보니, 틀린 말이 아닌 모양이었다. 언니는 레즈비언이었고, 상위권 성적을 유지하면서도 끊임없이 연애를 했다. 나는 언니를 빤히 보다 과자 봉지를 내려놓고 벌떡 일어났다.

171 "왜 여태 그 생각을 못 했지?"

어쩌면 내가 남자들이랑만 키스해서 이 지경이 된 것일지도 몰랐다. '진정한 키스'가 탈출 조건이라면, 내게 필요한 건 다른 방식의 키스일 수도 있었다. 나는 언니를 와락 껴안았다.

"언니, 고마워! 나한테 도움이 되는 날이 다 있네!"

언니는 캑캑거리며 나를 밀쳤다. 그리고 옷을 툭툭 털며 짜증 섞인 목소리로 말했다.

"입에 부스러기나 떼! 더러워 죽겠어!"

웃음이 멈추지 않았다. 실로 오랜만에 느끼는 희망이었다.

내가 생각한 다음 키스 상대는 같은 반 로희였다. 로희는 우리 중학교 밴드부의 보컬이었다. 쇼트커트에 진한 눈썹, 남자보다 여자 팬이 더 많은 인기인. 로희는 쉬는 시간마다 이어폰을 한쪽에만 끼고 창가에 앉아 나지막이 노래를 흥얼거렸다. 그러다 누군가 농담을 던지면 "뭐래, 진짜." 하며 웃었다. 그러다 다시 창밖을 보거나 창문을 손끝으로 톡톡 두드리며 혼자 박자를 세고는 했다.

레즈비언인지, 바이 섹슈얼인지 로희가 직접 밝힌 적은 없었다. 하지만 공연 뒤풀이에서 여자와 키스했다는 목격담이 떠돌았다. SNS에 올린 애인 사진도 그림자뿐이었는데, 그 실루엣이 여자 같다는 말도 많았다.

여러 번 망설이고 열 번의 밸런타인데이가 더 반복되고 나서야, 나는 처음으로 여자와 키스할 수 있었다. 바로 로희와. 매번 되풀이되는 하루 속에서, 로희를 알아 가려고 기꺼이 부딪힌 결과였다.

로희와 입술이 닿는 순간, 가슴이 철렁 내려앉았다.

이건 지금까지와는 차원이 다른 키스였다. 향긋한 라벤더 향이 콧속으로 먼저 들어오더니, 이내 서로의 코끝이 부드럽게 맞부딪히며 로희의 말랑한 입술이 내 입술에 닿았다. 손끝이 저릿했고, 배 안쪽이 묘하게 간질거렸다. 내가 나라는 걸 잊어버릴 만큼 몽롱한 순간이 계속되었다. 그동안 내게 키스는 숙제일 뿐이었는데…….

'키스가 이렇게 좋은 거였다고?'

이제야 알았다. 진짜 키스는, 이렇게 하는 거였다. 내일은 2월 15일일 수밖에 없었다. 이게 진정한 키스가 아닐 리 없었으니까.

'진정한 키스가 당신을 내일로 데려다줄 거예요♥♥♥♥♥♥♥♥♥♥♥♥♥♥♥♥♥♥♥♥♥♥♥♥♥♥♥♥'

헛웃음이 나왔다. 내 인생 최고의 키스를 하고도, 내일이 오지 않다니. 도대체 진정한 키스가 뭐라고. 설마 현수막이 말하는 키스의 진정성이라는 게, 사랑의 밀도를 말하는 건 아니겠지? 나는 차분히 생각에 잠겼다. 나는 로희를 사랑하는가? 아무리 생각해도…… 사랑은 아니었다. 로희를 보면 설렜지만, 그걸 사랑이라고 부를 수는 없었다.

더구나 나 같은 평화주의자에게 로희와의 연애는 시작부터 부담스러운 일이었다. 로희 주변에는 진성 팬이 너무 많았다. 우리 학교 축제 때 로희 이름을 포스터로 만들어 응원하는 애들 중 다른 학교 교복을 입은 애들도 상당수였다. 그러니까 로희는 우리 학교를 넘어 우리 시의 아이돌이나 마찬가지였다. 나는 로희가 매력적이라는 데 동의하지만, 로희의 일상이 될 자신은 없었다. 나한테는 짜릿한 사랑보다 안전과 평온이 더 중요했다.

멍하니 창밖만 바라보다 해 질 녘쯤 공원으로 향했다. 한숨을 내쉬며 그네에 몸을 실었다. 쇠줄을 움켜잡고 발끝으로 바닥을 밀었다. 아무런 생각 없이, 그저 앞으로 갔다가 뒤로 돌아오기를 반복했다.

"유지유."

멀리서 익숙한 목소리가 들렸다. 추리닝 차림의 우진이었다. 가까이 다가올수록 이마와 목덜미에 번진 땀이 반질거렸다. 제법 뛴 모양인데도 우진의 숨소리는 생각보다 안정적이었다.

"뛰다 왔어?"

나는 발로 그네를 멈추며 물었다. 우진은 손등으로 땀을 대충 닦으며 고개를 끄덕였다. 우진이 옆자리 그네에 털썩 앉았다. 우진은 그네의 쇠줄을 손으로 툭툭 치다가 발끝으로 바닥을 밀며 천천히 그네를 탔다. 내가 바람에 흘러내린 머리칼을 귀 뒤로 넘기자 우진의 시선이 내 얼굴에 닿았다.

"야, 유지유."

우진이 내 이름을 부르며 일어서더니 등 뒤에 섰다. 등에 우진의 손이 닿자마자, 그네가 거침없이 앞으로 나아갔다.

"어때? 시원하지?"

"야! 너무 세잖아!"

소리치는데 웃음이 새어 나왔다.

"옛날에는 그네 밀어 주는 거 좋아했잖아."

"지금은 아니거든!"

"거짓말."

그네가 몇 번 더 크게 흔들렸다. 속이 답답했는데, 얼굴에 닿는 바람이 상쾌했다. 허공에서 다리가 가볍게 떠올랐다. 이렇게 내일까지 앞으로 나아갈 수만 있다면 얼마나 좋을까.

"자, 이번엔 네 차례."

내 말에 우진이 주저 없이 그네에 앉았다. 곧 우진의 발끝이 땅에서 떨어지고, 그네가 천천히 움직였다. 보기보다 무거웠다.

"에이, 그게 다야?"

우진이 슬쩍 뒤를 보며 도발하듯 말했다. 오기가 생겨서 이번에는 더 힘껏 밀었다. 그네가 확 전진했다가 되돌아오는 순간, 우진의 몸이 앞으로 쏠렸다. 깜짝 놀라 붙잡으려다 우리 둘 다

 모래 바닥으로 넘어져 버렸다.

우리는 모래투성이가 된 채 서로를 바라보았다. 무릎이 얼얼한 것보다, 코앞의 우진이 더 신경 쓰였다. 숨소리 하나까지 또렷하게 들렸다. 시선을 피하며 모래를 툭툭 털었다. 나는 괜히 콧김을 뿜으며 말했다.

"너는 무슨 운동한다는 애가 중심을 못 잡아?"

우진이 어깨를 으쓱했다.

나는 바닥에 손을 짚고 일어나 우진에게 손을 내밀었다. 우진이 내 얼굴을 빤히 보면서 손을 맞잡고 자리에서 일어났다.

"네가 있으니까."

일곱 살 때였나. 그네에서 넘어져 이렇게 모래투성이가 되었던 날, 우진이 다가와 울던 나를 달래 주었다. 그때는 모래와 내 무릎만 신경 쓰였는데, 지금은 우진의 얼굴에서 눈을 뗄 수가 없었다. 나도 모르게 우진의 어깨로 손이 갔다.

모래를 떨어 주자, 우진이 내 손목을 붙잡았다. 움찔하며 손을 빼려 했지만, 우진이 놓아 주지 않았다. 우리의 시선이 맞닿았다. 우진의 눈빛이 잠깐 흔들렸다.

"……됐다."

우진은 손을 놓았다. 그러더니 말했다.

"너 얼굴이 왜 그렇게 빨개?"

나는 어색하게 손부채질을 하며 등을 돌렸다.

"더워서! 나 먼저 간다!"

나는 빠른 걸음으로 공원을 빠져나왔다. 걸을수록 우진의 손이 닿았던 손목이 저릿했다. 안 된다. 더는 생각해서는 안 된다. 우진은 아니어야 하니까. 나는 애써 고개를 저으며 곧장 집으로 향했다. 오늘은 아무랑도 키스하고 싶지 않았다.

'진정한 키스가 당신을 내일로 데려다줄 거예요♥♥♥♥♥♥♥♥♥♥♥♥♥♥♥♥♥♥♥♥♥♥♥♥♥♥♥♥♥♥♥♥'

다음 날, 서른두 개의 하트는 당연한 거였다. 신상 크림빵 출시 때문에, 좋아하는 드라마 마지막 회를 볼 생각에 설렜던 내일이, 내 안온했던 내일이, 안락해야 할 내일이 어디로 가 버린 걸까. 나는 허탈한 웃음을 지었다.

차라리 키스의 이 황홀함이라도 실컷 즐기자. 그러다 보면 오늘이 내일인지, 내일이 오늘인지 알 길이 없겠지. 그런데, 그렇게 마음먹었으면서도 입술이 닿는 순간마다, 어쩐지 텅 빈 느낌이 들었다. 그렇다고 이제 와서 멈추면 오늘 하루가 허무하게 끝나 버릴 것 같았다.

편의점 앞 파라솔에 앉아 있는 사람이 눈에 들어왔다. 교복 차림의 남자애. 학원이 끝나고 집에 가기 전인 것 같았다. 손에 바닐라 아이스크림콘을 들고 있었다. 나는 그대로 다가가서 그 애 앞에 섰다.

“너, 나랑 키스할래?”

그 애가 흠칫 놀라며 나를 올려다봤다. 한쪽 눈썹이 꿈틀 움직였다.

“내가 왜 초면인 사람과 키스해야 되지?”

나는 정신이 번쩍 들었다. 머리를 한 대 맞은 듯 파라솔 의자에 주저앉았다. 멀찍이 허공을 보다가 중얼거렸다.

“그러게. 네가 나랑 꼭 키스를 해야 하는 건 아니지.”

그 애는 나를 가만히 지켜보더니 한숨을 푹 내쉬었다.

“너도 많이 힘든가 보구나.”

나는 말없이 고개를 끄덕였다. 그 애가 피식 웃으며 아이스크림을 내밀었다.

“당 떨어졌으면, 이거라도 먹을래?”

아이스크림에는 그 애가 베어 문 자국이 그대로 남아 있었다. 바닐라 향이 코끝에 스치자, 침이 고였다. 한 입 베어 물자, 달콤한 맛이 입안에서 천천히 녹아내렸다.

그 순간 우진이 떠올랐다. 우진은 바닐라 향 보디워시를 썼다. 내가 우진에게 어울리는 향을 골라 생일날 선물한 거였다.

그동안 셀 수 없이 키스했지만, 우진과는 단 한 번도 입을 맞춘 적이 없었다. 우진과 키스하면 우리 관계를 돌이킬 수 없을까 봐 두려웠다. 그런데 지금의 내게, 내일은 없었다.

어차피 내일이 오지 않는다면, 그렇다면…… 우진과 키스 한

번쯤 해 봐도 좋지 않을까? 그 정도 선은 넘어 봐도 되는 거잖아.

나는 자리에서 벌떡 일어났다. 남자애에게 아이스크림을 내밀었다.

"더 먹어도 되는데……."

나는 씩 웃어 보였다.

"괜찮아. 고마워."

뒤도 돌아보지 않고 곧장 공원으로 향했다. 우진이 매일 저녁 달리는 그곳으로.

공원의 어두운 가로등 불빛 아래, 나뭇가지들이 희미한 그림자를 드리우고 있었다. 나는 그네 쪽으로 천천히 걸어갔다. 이유는 없었다. 그냥, 거기에 우진이 있을 것 같았다. 그랬으면 좋겠다는 생각을, 나는 하고 있었다.

그때였다. 어디선가 낮고 축축한 숨소리가 들렸다. 나는 걸음을 멈췄다. 그네가 아니라, 그 바로 뒤, 나무 그림자 속에서, 누군가 키스하고 있었다. 가로등 불빛이 닿지 않는 곳, 나뭇잎 사이로 희미한 실루엣이 보였다. 기울어진 고개, 포개진 상체, 키스에 몰두한…… 나는 반사적으로 몸을 웅크렸다.

아니야. 잘못 본 걸 거야. 착각일 거야.

나는 눈을 가늘게 뜨고 다시 살폈다.

……역시 우진이었다.

괜찮아. 괜찮아야지. 우진은 그냥 친구일 뿐이잖아. 그러니

김경은

까 당연히 아무렇지도 않아야 하는데…… 왜 이렇게 숨이 막히지?

입술을 깨물어 아무렇지 않은 척, 억지로 입꼬리를 올려 보았다. 하지만 입꼬리는 이내 힘없이 무너져 내렸다.

우진은 아무것도 모르고 키스에 몰두하고 있었다. 애써 저 아래 눌러 두었던 마음이, 압력을 이기지 못하고 목 끝까지 차올랐다. 내가 돌아서는데 끼이익. 무릎이 그네를 건들였다. 쇠줄이 삐걱거리며 울렸다. 재빨리 그넷줄을 붙잡는데,

"……유지유?"

우진의 목소리가 들렸다. 나는 그대로 굳어 버리고 말았다.

그 짧은 순간, 우진이 나를 어떤 얼굴로 보고 있을까 상상조차 하고 싶지 않았다. 그러니까, 제발, 그냥 모른 척해 줘.

"지유야."

목소리가 가까워지더니, 결국 우진이 내 앞에 섰다. 우진과 눈이 마주쳤다. 나는 아무 말도 하지 못한 채, 입술만 꾹 깨물었다.

"여기서…… 뭐 해?"

우진이 먼저 입을 열었다. 나는 인중을 늘이다 대답했다.

"아무것도."

그러고는 본능적으로 몸을 돌렸다. 하지만 우진이 내 손목을 붙잡았다.

"잠깐만."

나는 움찔했다. 그 손길이 너무 익숙하고 따뜻해서 움직일 수 없었다.

"왜?"

나는 무표정하게 되묻고 싶었지만, 목소리가 떨렸다. 우진이 천천히 입을 열었다.

"······네가 먼저 찾아왔잖아."

그래, 내가 먼저 우진을 찾아왔다. 하지만 그건, 이런 모습을 보기 위해서가 아니었다.

"아니거든."

나는 애써 차갑게 말했다.

"거짓말하지 마."

우진이 나를 똑바로 바라보았다. 나를 꿰뚫어 보는 것만 같았다. 숨이 점점 가빠졌다.

"······뭐가."

"너, 울 거잖아."

내가? 울어? 말도 안 돼.

우진이 조용히 말했다.

"너, 방금 인중 만졌어. 넌 꼭 그러다 울잖아."

얼굴이 확 달아올랐다. 나는 부러 세게 말했다.

"아니거든. 박우진, 너 미쳤냐?"

우진이 피식 웃었다.

"우리 둘 다 미친 거 아니었어?"

내 손목을 쥔 손끝에 힘이 들어갔다.

"……너, 정말 아무렇지도 않아?"

"……."

다시 우진이 낮은 목소리로 내뱉었다.

"그냥, 아무하고나 다 하잖아."

심장이 철렁 내려앉았다. 애가 그걸 어떻게 알지? 나는 손톱이 살에 박히도록 손을 꽉 움켜쥐었다. 애써 아무렇지 않은 척 웃으며 되물었다.

"그게 무슨 소리야?"

"편의점에서, 골목길에서, 버스 정거장에서……."

우진이 말하며 한 걸음 다가왔다.

애는 어떻게 나도 다 기억 못 하는 걸 알고 있지? 어제가 오늘 같고, 오늘이 어제 같은 날들 속에서 하루하루를 구분해 따지기는 불가능했다. 결국 나는 웃고 말았다. 우진이 다 알고 있다는데, 무슨 말이 더 필요할까?

"그래. 나 아무하고나 다 해."

내 목소리가 가늘게 떨렸다.

"그게 너랑 무슨 상관인데?"

나는 우진의 손을 뿌리치고 그대로 몸을 돌려 걸었다. 똑바로 걸으려 했지만 한 걸음, 한 걸음이 너무 무거웠다.

"유지유."

등 뒤에서 우진의 목소리가 들려왔다.

"나도……."

낮고 단단한 말투. 나는 걸음을 멈췄다.

"……나도, 루프에 갇혀 있어."

나는 천천히 몸을 돌렸다. 어둠 속에서도 우진의 눈만 또렷하게 보였다. 그 눈빛에, 나처럼 오래 기다리고 버틴 시간이 담겨 있는 것 같았다.

"장난하지 마."

억지웃음을 지으며 말했지만, 속이 바짝 말랐다.

"하트 보이냐고 물어봤었지?"

내가 뭐라고 대답하기도 전에 우진이 말을 이었다.

"실은 나도 보였어. 근데 말하면 안 될 것 같았어. 이게 지금 무슨 상황인지, 먼저 파악하고 싶었거든."

우진이 고개를 젖히고 마지막 겨울 하늘을 올려다보았다.

"뭐, 사람은 누구나 자기 안에 갇힐 때가 있잖아. 같은 실수를 반복하면서도 거기서 벗어나지 못하고."

우진이 씁쓸하게 웃었다. 나는 조용히 물었다.

"그게 무슨 뜻이야?"

"무슨 뜻이긴. 너도 봤잖아. 내가 키스하는 거."

그때 우리 사이로 차가운 바람이 불어와 온몸을 파고들었다. 우진이 천천히 말을 이었다.

"나도 널 따라 해 봤어. 이게 정말 방법일까 싶어서."

나는 마른침을 삼켰다. 우진이 살짝 입술을 씹었다.

"근데, 알겠더라."

거센 바람에 우진의 바닐라 향이 더욱 진하게 닿았다.

"진짜 아무리 해도, 루프가 안 끝나. 너는 나 빼고 세상 모든 남자랑 키스하던데. 여자들도 있었지, 참."

나는 아무 말도 할 수 없었다.

"나도 너 빼고 다 해 봤어."

머릿속이 새하얘졌다. 그제야 나는 깨달았다. 우진도 나와 똑같이 도망치고 있었다는 걸.

겨울밤의 공기가 차갑게 내려앉은 공원에서 우리는 마주 보며 서 있었다. 숨을 내쉴 때마다 하얀 김이 피어올랐다. 더는 외면하지 않기로 했다. 나는 주먹을 말아 쥐고 말했다.

"박우진, 나 너 좋아해."

우진의 눈이 살짝 흔들렸다. 가로등 불빛 아래 선 우진의 갈색 눈동자가 따뜻해 보였다. 왼쪽 입꼬리에 희미하게 잡힌 주름도 부드러워 보였다. 무릎이 늘어난 추리닝을 입고 있어도, 하나도 추레하지 않았다.

자연스레 시선이 우진의 손으로 향했다. 우진이 내 손을 잡아 주었던 때가 떠올랐다. 따뜻하고, 부드럽고, 조심스러웠던 그 손. 그때도 알았지만, 지금은 더 분명히 알 것 같았다. 이제는 그 손에 내가 먼저 깍지를 끼고 꼭 잡고 싶다는 걸.

"우진이 너랑 키스했는데도 내일이 안 올까 봐 무서웠어. 널 잃을까 봐 겁났거든. 진짜 많이 좋아하니까……. 그래서 내 마음을 모른 척하고 피하기만 했어. 그게 안전하다고만 생각했어."

나는 떨리는 손끝을 꼭 쥐고 차분히, 하지만 확신을 담아 말했다.

"그런데, 더는 도망치고 싶지가 않아. 우진아…… 너한테 키스해도 돼?"

우진은 입술을 달싹이며 무언가를 말하려다가, 그대로 멈췄다. 나는 기다렸다. 우진이 대답할 때까지. 마침내 우진이 천천히 고개를 끄덕였다.

"……좋아."

나는 그 순간을 놓치지 않았다. 이제 나는 루프에서 벗어나기 위해 키스하는 것이 아니었다. 나는 우진을 원했다. 천천히, 아주 천천히 까치발을 들었다. 우진의 얼굴이 시야를 가득 채웠다. 그 위로 입술을 포갰다.

처음에는 조심스럽게, 우진의 온도를 확인하듯이. 그러나 이내 모든 것이 무너져 내렸다. 더는 조심할 필요가 없었다. 한 손으로 우진의 목덜미를 감싸 쥐었다.

이제는 그 무엇도 무섭지 않았다.

하얀 입김 사이로 우리의 숨결이 섞였다.

시간이 멈춘 것 같았다. 바람 소리도 멀어지고 사방이 고요해지더니, 우리 둘만 여기에 존재하는 것 같았다.

가슴 안쪽에서부터 뭔가 천천히 뒤집히는 느낌이 들었다. 반복되던 하루가 잠시 멈추고, 이 루프 안에 아주 작은 틈이 열린 것처럼. 그간의 모든 키스가 흐릿해지고 방금 전의 키스만 또렷하게 남았다. 오직 우진만이, 나를 지금 이 순간으로 데려온 것 같았다.

나는 우진의 손끝을 살짝 잡아당겼다.

"우리 집으로 갈래?"

예상하지 못한 말이었던 것 같았다. 우진의 목젖이 위아래로 움직였다.

"……진짜?"

나는 눈을 피하지 않고 대답했다.

"응. 가자."

우진의 어깨가 살짝 들썩였다. 그러더니 피식 웃으며 고개를 끄덕였다.

"너, 진짜 미쳤다."

"그걸 이제 알았어?"

우리는 나란히 공원을 빠져나왔다. 찬 공기가 스치는 밤길을 우진의 손을 꼭 쥔 채 걸었다.

편의점에서 콘돔을 사서 나왔다. 우진이 콘돔을 주머니에 넣고, 나를 힐끗 보았다.

"설마 겁먹은 거야?"

나는 일부러 놀리듯이 말했다. 우진이 코웃음을 쳤다.

"누가?"

"너."

"웃기지 마."

우진이 내 손을 살짝 세게 쥐었다. 나도 장난스럽게 손가락을 엮었다. 오늘 밤 부모님은 3교대 근무라 내일 아침에야 들어오신다. 언니도 스터디카페에 있어서 새벽 한 시는 돼야 올 터였다.

이 순간이 와 버리다니. 하지만 후회하고 싶지 않았다. 내 안에서 밀려오는 이 감정을, 그저 따라가고만 싶었다. 내 손과 맞닿은 우진의 손이 살짝 젖어 있었다. 마음이 놓였다. 나만 떨리는 게 아니었다.

"좋아해."

우진이 내 귓바퀴에 입을 맞추며 대답했다.

"나도."

이대로 시간이 멈췄으면 좋겠다고, 처음으로 생각했다.

문득 이상한 기분이 들어 깨어났다. 익숙한 천장이 눈에 보었다. 몸이 평소와 다르게 가벼웠다. 모든 것이 꿈결같이 느껴졌다. 나는 천천히 몸을 일으켰다. 커튼을 걷어 창문을 조금 열었다.

생각이 턱 하고 끊겼다.

전봇대에 걸려 있던 현수막. 거기에는 이제 아무런 글자도, 하트도 남아 있지 않았다.

거리에서 자전거 벨소리가 들렸다. 전봇대 밑에는 까만 고양이가 몸을 웅크리고 있었다. 나뭇가지 끝에 맺힌 서리가 햇살을 받아 반짝였다. 창문을 조금 더 열자 찬 공기가 방 안으로 들어왔다. 방 안을 둘러보았다. 뚜껑이 반쯤 열린 아이라이너, 아무렇게나 벗어 둔 양말, 뒤집힌 곰인형까지. 어제와 같지만 조금은 낯설어 보이는 풍경이었다.

"내일에 온 걸 환영해, 유지유."

나는 속삭이듯 말했다.

그래. 이제야 끝났다.

동시에 시작이기도 했다.

침대 옆에 던져두었던 휴대폰이 울렸다. 나는 손을 뻗어 화면을 확인했다.

—유지유. 너, 로희라는 애 알아? 너희 학교 밴드부라던데. 걔가 내 번호 따 갔다. 토끼상이 이상형이라나.ㅋㅋㅋ

나는 언니의 메시지에 웃음을 터뜨렸다. 열린 창 너머로 손을

키스 루프에 갇혀 버렸다

뻗었다. 손가락 끝에 햇볕이 닿았다. 따뜻했다. 나는 그 온기를
가만히 받아들였다. 오랫동안 기다려 온 순간이었다.

김경은

사랑이 당신을
내일로 데려다줄 거예요

'문학동네청소년 ex' 소설은 장르문학을 통해 우리 사회가 규정한 '표준'과 '정상성'을 의심해 보고자 만들어졌습니다. SF 소설 『녹아내리기 일보 직전』과 『김누아의 가설』에 이어 ex소설이 세 번째로 선보이는 이야기는 로맨스입니다. 네, 맞아요. 그 로맨스요. 가슴이 콩닥콩닥하는, 흔히 '낭만적 사랑'이라고 불리는 그 이야기요.

여러분에게 로맨스는 무엇인가요? 저에게 로맨스는 '살맛'입니다. 청소년 시절 저보다 한 뼘도 더 큰 친구들 사이에 끼어 로맨스 소설을 탐독하던 순간들은 지금도 쫄깃한 추억으로 남아 있습니다. 순정 만화부터 할리퀸 로맨스까지 낭만적 사랑의 온갖 필드를 오가며 쌓은 저의 로맨스 내공은 자못 단단해, 이후 로맨스의 한계와 문제에 대한 다양한 이론을 공부하면서도 제 마음 한구석에는 '아냐, 그렇지만은 않아. 지금은 설명할 수 없지만 분명 뭔가가 있어.'라는 고집스러운 옹호의 마음이 있었습니다. 뭐랄까요. 오래된 친구의 감춰진 얼굴을 봤지만, 그 친구의 존재 자체를 부정할 수 없는 마음이라고 할까요? 그것이 썩 유쾌한 모습은 아니지만, 그렇다고 그 친구와 제가 함께하며 행복했던 시간과 추억까지 모두 부인

  하고 싶지는 않았습니다.

로맨스는 흔히 '저급한 장르'로 불립니다. 호러, 미스터리, 추리, SF, 무협 등등 숱한 장르물이 자신의 자리와 위상을 찾은 지금도 여전히 로맨스는 뭔가 떳떳하지 못한 장르로 남아 있습니다. 웹소설 중 현대 로맨스는 독자들도 쉬쉬하면서 읽는 대표적인 장르입니다. 하지만 '양로소'(양산형 로맨스 소설)라는 줄임말이 보여 주듯, 로맨스를 향한 독자들의 욕구는 언제나 있었고 앞으로도 그럴 것입니다. 로맨스가 지금과 같은 형국에 놓인 것은 도식적인 플롯, 구태의연한 스토리, 무엇보다 '낭만적 사랑'이 덫이 되어 여성의 삶을 왜곡한 저간의 역사 등에서 기인하지만, '여성이 읽는 이야기=3류'라는 도식도 큰 역할을 했다고 생각합니다. 그 도식의 기저에는 여성의 욕망을 금기시하는 사회의 (무)의식과 여성의 욕망을 사회가 허용하는 범주 안에서 단속하려는 강한 의도가 있습니다.

ex소설이 그려 낼 로맨스는 '장르로서의 로맨스'를 염두에 두되, 로맨스의 관습(강하고 부유한 남성이 아름답고 순종적인 여성을 선택하고 구원한다)을 뒤집고 이를 역으로 이용하고자 합니다. 여성과 소수자의 욕망을 인정하며, 특히 청소년이 성적 자기 결정권을 가진 '성적 주체'임을 명확하게 인지하는 이야기를 꿈꿉니다. 이는 로맨스를 반(反)여성적 장르로 보고 장르 자체를 부정하는 시각과 달리, 로맨스를 여성과 소수자를 위한 장르로 새롭게 전유, 자리매김하고자 하는 시도입니다. 사랑을 절대화할 이유가 없는 것처럼, 사랑을 애초부터 부정할 이유도 없지 않을까요? 최선을 다해 사랑하되, 사랑이 저물어 갈 때 그 끝을 받아들이는 것까지가 사랑이지 않을까요? "어떻게 사랑이 변하니?"라는 유명한 영화 대사가 있지만, 저는 거꾸로 묻고 싶습니다. 어떻게 사랑이 변하지 않을 수 있나요?

'ex소설-로맨스'는 '로맨스=저급한 장르', '청소년=비(非)성적 주체'라는 통념에 도전하고자 합니다. 로맨스는 사랑이라는 인간의 근원적인 감정을 직시하는 장르이며, 여성 혹은 소수자의 욕망을 이야기하는 것은 그 자체만으로도 가치 있고 필요한, 색다른 이야기가 될 수 있습니다. 'ex소설-로맨스'는 로맨스가 우리 인식의 지평을 어디까지 넓힐 수 있는지, 나아가 어느 한쪽으로 기울어진 우리 삶이 다시 균형을 찾는 데 얼마나 신나는 길동무가 될 수 있는지, 그 가능성을 실험하고자 합니다.

은소홀의 「너와 나의 티켓팅」은 주인공 세이가 가장 좋아하는 그룹의 콘서트에 가기 위해 고군분투하는 과정을 그립니다. '결벽 강박'이 있는 세이가 귓바퀴를 간질이던 목소리의 움직임을 좇아, 스스로 테두리 밖으로 나가는 이 소설은 'ex소설-로맨스'의 정수를 제대로 보여 줍니다.

김지완의 「마녀의 맛, 러브 호르몬」은 희원에게 찾아온 세 가지 사랑 이야기입니다. 평소에 못된 생각을 자주 하고, 그 못된 생각들이 마음에서 보글보글 끓어오르다가 확 넘치는 순간, 마음이 시키는 대로 하라고 부추기는 듯한 이야기는 그야말로 러브 호르몬이 가득한 로맨스 수액입니다.

사랑의 다양한 모습을 보여 주는 황보나의 「고양이의 방울」은 서로의 마음을 확인하고도 진도가 아예 나가지 않는 사랑도 있다는 사실을 보여 주지만, 나와 J가 서로를 겨누어 보는 검질긴 시선 속에서 방울을 씹어 먹는 마지막 장면은 기어이 읽는 이의 가슴에 불을 지릅니다.

조우리의 「고백의 공식」은 다이어트가 건강을 넘어 산업이 되어 버린 세상에서 뚱뚱하다는 이유만으로 자신을 지우고 살았던 강한이 자신의 '버튼'(욕망)을 발견하고 스스로를 긍정하는 이야기입니다. 거기에 있지만 누구도 신경 쓰지 않는 삶을 추구했던 강한의 변화를 추동한 것은 물론 사랑입니다.

김경은의 「키스 루프에 갇혀 버렸다」는 '사랑과 우정 사이'가 뜨거운 사랑으로 변전하는 과정을 보여 줍니다. 짜릿하기만 할 것 같은 키스도 영원히 반복되는 루프 안에서라면 지겨운 숙제가 될 수 있듯, 우정을 빙자한 겁 많은 사랑도 주인공이 원하는 바를 직시한 순간 계속되는 루프에 균열을 냅니다. 로맨스는 그만큼 힘이 셉니다.

『연애 운세, 너에게 적중』을 읽으면서 저는 숱하게 발을 구르고,

사랑이 당신을 내일로 데려다줄 거예요

환호했습니다. 주인공이 숨을 죽일 때 저도 따라 숨을 죽였고, 주인공의 심장이 뛸 때 제 심장도 거세게 뛰었습니다. 그리고 정말 오랜만에 살맛이 났습니다. 새까만 밤, 내 귀와 작은 방 안을 가득 채운 누군가의 목소리. 귓가에서 떠나지 않는 그 숨소리를 따라간 끝에 간신히 맞닿은 손바닥과 속눈썹.(「너와 나의 티켓팅」) 그 두근거림과 떨림이라니! 로맨스의 효용은 바로 이것입니다. 저를 비롯한 수많은 여성이 로맨스를 사랑하는 이유도 그것입니다. 다람쥐 쳇바퀴 돌듯 반복되는 일상에서 벗어나 처음 보는 누군가와의 새로운 사랑을, 모험을, 오늘과 다른 내일을 꿈꾸게 하는 이야기. 남의 로맨스는 저를 꿈꾸게 했고 살맛 나게 했으며, 나아가 스스로 나의 로맨스를, 내 인생을 읽고 쓸 수 있게 해 주었습니다.

사랑은 우리를 그렇게 자라게 합니다. 스무 살에 받은 편지를 일흔이 되어서라도 읽고자 하는 마음, 아무리 오랜 시간이 지나도 기어이 해독하고 싶은 암호를 품고 사는 마음, 그 사람에게 닿기 위해 변하고 싶고 더 나은 사람이 되고 싶게 하는 마음. 서툴고, 지질하고, 땀 흘리며 덜덜 떨더라도 이판사판, 용기 내 '영원히 기억될 순간'을 만드는 것은(「고백의 공식」) 그렇게 가치 있는 일입니다.

닿을 듯 말 듯 한 사랑을 안타까이 지켜보는 것도 아름답습니다. 내가 아닌 다른 사람이 잘되기를, 행복하기를, 그 사람이 원하는 바대로 이루어지기를, 이토록 힘껏 응원할 수 있게 만드는 것도 사랑이기에 가능하니까요. 그래서 묻고 싶습니다. 고양이 몸에 달린 방울에서 소리가 나면 여러분은 어떻게 할 건가요? 시끄럽고 유난하다고 싫어할 건가요? 그럴 사람도 없지 않겠지만, 방울 소리에 귀 기울일 사람도 고양이를 쓰다듬어 줄 사람도 분명히 있을 거라고 믿습니다. 하지만 응원하지 않아도 괜찮습니다. 우리의 멋진 주인공들은 과감하게 방울을 씹어 먹는 발칙한 해결책을 찾아냈으니까요.(「고양이의 방울」)

지유와 우진의 이야기가 독자들에게 어떻게 다가갈지도 궁금합니다. 다양한 독자가 다양한 시각과 독법으로 지유의 선택을 읽겠지요. 어떻게 읽든, 무슨 생각을 하든, 그 모든 것은 읽는 사람의 몫입니다. 다만 '진정한 키스가 당신을 내일로 데려다줄 거예요.'라는, 소설을 추동한 문장은 오래 곱씹어 보았으면 합니다. '진정한 키스'의 자리에 '진정한 사랑'을 넣어도 무방한 이 문장은 어쩌면 모든 로맨스의 공통적인 주제일지도 모르니까요.

우선 '진정한 사랑'이란 무엇일까요? 그리고 진정한 사랑은 정말 우리를 내일로 데려다줄까요? 소설은 말합니다. '진정', 혹은 '진심'의 핵심에는 상대의 마음이 아니라 내 마음, 내 진실이 있다고요. 그러니 사랑에서 정말 중요한 것은 언제나 내 마음과 내 선택입니다. 내가 진심이었다면 그 사랑이 이루어지건 이루어지지 않건 나는 내일을 향해 한 걸음 내디딜 수 있습니다. 소설 속 지유가 그런 것처럼요.(「키스 루프에 갇혀 버렸다」) 그러니 상대의 진심에 너무 휘둘리지 마세요. 상대가 얼마큼 진심이었는가는 그의 내일을 결정할 뿐, 여러분의 내일을 결정하는 것은 언제나 여러분의 진심입니다. 나의 진심에 귀 기울이고, 나를 위한 최선의 선택을 하는 것, 그것이 'ex소설-로맨스'가 꿈꾸는 세계입니다.

마지막으로 이 책을 읽는 독자 여러분에게 '마녀의 시간'이 찾아오기를 바랍니다. 그리고 마녀의 시간을 만난다면, 겁내지 말고 그 시간을 샅샅이 맛보고 꼼꼼하게 누리며 온전하게 그 시간의 주인이 되기를 바랍니다. 여러분의 귀와 마음에 '나를 향한 목소리'를 최대한 많이 담아 두기를, 아무에게도 보여 주지 않을 나만의 비밀을 꼭 갖게 되기를 바랍니다.(「마녀의 맛, 러브 호르몬」) 두려워하지 말고, 적극적으로 마녀가 되어 보세요. 선택받는 공주보다 선택하는 마녀로 사는 게 더 흥미진진할 거예요.

빗자루를 타고 최대한 신나고 재밌게, 여러분 앞에 찾아온 오늘을, 마녀의 시간을 힘껏 날아 보세요. 『연애 운세, 너에게 적중』이 여러분의 오늘을 응원합니다!

2026년 1월

엮은이 송수연

엮은이의 말